僕はかぐや姫／至高聖所《アバトーン》

松村栄子

ポプラ文庫

目次

僕はかぐや姫

◆僕の生活信条

学校は丘の上にあった。ゆるい傾斜をもって校門へ続く道は、同じ服装をした生徒でびっしり埋まっている。毎日のこととはいえ、一様に黒い髪、黒い服、黒い鞄《かばん》の集団が溢《あふ》れるさまは異様な光景で、この群の中に混じっていると、どうしても自分がゴキブリか、さもなければ蟻《あり》になったような気がする。白い服の目立ち始めた今ではさしずめ白蟻の大群だ。胸が悪くなりそうだ。

そう思いながら、裕生《ひろみ》は傍《かたわ》らの原田《はらだ》が何か尋ねたのを半ばさえぎるかたちで言った。

「僕さ、十七歳なんだよね、今」

「知ってるよ、あと二週間だけね。僕の場合はあと半年間は十七歳」

冬生まれの原田は、たった半年の若さを誇るようににんまりとして答える。それは充分誇るに値する事柄だったので、裕生は感じた引け目を隠すように不機嫌な表情になった。

「それがどういう歳だかわかってる？」

「どうって？」

「あのね、僕は常々思ってた。年齢を問われるのが不愉快じゃない時期があるとしたら、それは三歳のときと十七歳のときだけだって」

「誰かの格言？」

「ちがう。四歳のとき僕がそう思った。どこかの知らないおばさんがニコニコしながら『いくつ？』って聞いたとき。うんざりした。頼むからもう少しマシなこと聞いてくれって思ったよ」

「可愛《かわい》げのないのは昔からなんだ」

裕生は瞬《まばた》きというにはもう少しゆっくりと瞼《まぶた》を閉じて開いた。

「それは認める。可愛いことが武器になるなんて思ってもみなかった」

「今だって思ってるようには見えないけど」

「教養が邪魔をする」

「ほう」

「だからね、僕はこうも思う。男性好みの女性を作りたいなら、断じて教育なんかすべきじゃない。いらぬ知恵を詰め込んでおきながら、三歩下がれったってそんなの馬鹿げてる」

と、桜並木の真下にいることに気がついてふたりは道の中央の方へ寄った。六月、桜の樹からはよく毛虫が落ちてくるのでほとんどの在校生はこの並木を憎悪していた。同じように並木を迂回《うかい》するスカートの裾《すそ》がひらひらと揺れる。

「だから勉強しないの？　裕生が男子の影を踏むのを恐れているとは知らなかった」

「そうじゃなくて、十七歳というのはただ十七歳だというだけで至福の年なんだから、大切にめいっぱい謳歌《おうか》すべきだと……」

「わかるよ。要するにおいしいものは先に食べちゃうってことでしょ。それで？　十八歳の暗い春を迎えるわけ？」

「十八歳なんて何がどうしたって暗くて当然じゃない。だからこそ十七歳の今は明るく……」

「こう言っちゃ何だけど」

原田は、歩きながら広げていた〈シケ単〉をバサリと腿《もも》のあたりに打ちつけると、怒ったように低く言った。

「裕生、明るく見えないよ。はっきり言うと、めいっぱい暗い。そうやって眉間に皺《しわ》を寄せるのもやめた方がいいと思う。たまにべらべら喋《しゃべ》ると思えばへ理屈ばっかりだし」

裕生はちらりと横目だけで応じた。目の前を歩いている子のポニーテールがうっとうしい。縮れ毛でおそろしくボリュームのあるポニーテールなのだ。それは百メートルくらい前からずっと裕生の目の前にある。抗議するわけにもいかないので、気分を変えるために板のような鞄を胸に抱え込んだ。

土井晩翠《どいばんすい》作詞の校歌を持ち、桜の樹が多ければ文句はないだろうといったたぐいの、伝統ある女子高が目前に迫っている。当り前だが卒業生は皆女性で、彼女らの作った同窓会の会長がときおり小笠原《おがさわら》流礼法とやらを教えに来る。校舎の掃除は当番制ではなく毎日全校生徒総がかりで行われる。雨が降っても風が吹いても、授業が短縮になったり休みになったとしても、掃除が省かれることはない。

　近隣の少しできのいい少女を集めたこの手の学校はそこここの地方都市にあるだろうから、もしもこうした日常に教育効果があるというのなら、今頃日本は良妻賢母の供給過剰になっていなくてはならない。昨今の離婚増加率がその答えだと裕生は思っていた。


「まったく、その逃避型の性格なんとかしなよね。ほら、〈知性〉〈知的な〉」

「intellect - intellectual」

　たたみかけるように言った原田にパブロフの犬になって反射的に答えたものの、やはり一時間目をさぼって喫茶店に行くべきだったと、裕生はいっそう顎《あご》を落として抱え込んだ鞄の匂いを嗅《か》いだ。どうしようかなと店の前でしばし立ち止まったとき、どうしたわけか原田が通りかかり、どうしたわけか彼女もまたひとりだったのだ。

「〈良心〉〈良心的な〉」

「conscience - conscientious」

「〈伝統〉〈伝統的な〉……校門指導だ」

tradition……と言いかけた裕生が眉をひそめ顔を上げると、たしかに前方校門付近には数人の先生が風紀委員を従えてたむろしている。やっぱり喫茶店で珈琲《コーヒー》を飲んでいた方が正解だったと、どこかで原田に罪をなすりつけながら、右目では校門を、左目では道路脇のパン屋を眺め、手は原田の袖口《そでぐち》をつまみ、足は生徒の波の間を左側へ抜けようとしていた。

手をブンブンと振り払われて我に返る。

「なんで僕まで付き合わなきゃなんないの」

裕生は振り返って無表情に相手を眺めた。原田には先生の前を通って見とがめられる要素は何ひとつない。二秒ほどじっと見つめてから、黙って胸のところで小さく手を振る。知らぬ間に、いつかどこかで見た観音菩薩《かんのんぼさつ》のポーズをとっていた。

原田はフンと蔑《さげす》むような目つきをすると、シケ単を振りかざして校門へ吸い込まれていった。別に誰にでもそういう態度をとるわけではないのだが、六年越しの付き合いになる裕生にだけは妙に底意地の悪い態度をとってしまう。裕生が不機嫌なときにはもっと気分を害するようなことをしたくなるし、落ち込んでいるときにはもっと滅入らせてみたくなる。

もっともこれはお互いさまで、ふたりはこの五年余というもの、転んだ犬をドブに蹴《け》おとしたり、その上さらに二、三度踏みつけたくらいのことを平気でし合ってきた。他人に対しては感じないサディスティックな感情をなぜかしらお互いがそそり合ってしまうのだ。

だから、もちろん長い付き合いにもかかわらず親友だなどと思ったことはないし、できたら視界から一番先に消えてなくなってほしいのが互いの存在だった。なのに、背を向け合って新しい世界に入って行くと、どういうわけだかそこには裕生が、あるいは原田がいて、お互いに憮然《ぶぜん》と顔を見合わせてしまう。

中学で美術部に入ったときもそうだった、テニスを始めてみたときもそうだった、この高校に入ったときも、そして文芸部に入ったときもそうだった。

そうやって互いの歴史や性格を事細かに把握していながら、一番痛そうなところへ一撃をくれてやるのだけを快感にしているのだから友人とさえ呼ぶのは難しい。

絶交というような事態に及ばないのもそのためだった。互いの存在を気にかけているとさえ思いたくない。それにまた、傷つくのは相手のせいではなくひとえに自分の弱さゆえだとも思うのだ。

十七歳の彼女らは優しさがほしいとは露ほども思ってはいなかった。優しさとか思いやりとかいったお為ごかしをぬぐいさったところで、毅然と立っていられる強さがほしかった。何にも寄りかからずにまっすぐに立っている針葉樹の冷たい凛々《りり》しさがほしかった。

だから決して彼女らは、互いの前で未解決の悩みを打ち明けあったり、肩を抱き合ってさめざめと泣いてみたりしたことはない。

千三百人からなる女子高生の胃袋に支えられた小さなパン屋には、胃袋の数十倍の体積を持つ少女たちが押し合いへし合いしている。裕生はその中からひとりのクラスメイトを見つけるといささか慣れ慣れしい態度で近寄る。

「英語の辞書持ってるでしょ。貸してくれない？　いやいや、ケースだけでいいんだけど」

「どうするの？」

「教室まで運んでさしあげる」

「なんでケースだけ？」

「中身は重いでしょ」

気だるげにスカートをウエストのところでたくしあげている裕生を、半分は軽蔑《けいべつ》、半分は好奇心をもって眺めながら、相手は小さく溜息《ためいき》をつく。

「いいけどね、減るもんじゃなし」

そうだろうと頷《うなず》きながら裕生はクラスメイトの鞄を覗《のぞ》き込む。そこに詰め込まれた教科書と資料とノートと辞書のボリュームに圧倒されて、信じられないといったように鞄の持ち主の小さな身体《からだ》を眺めた。相手の方も呆《あき》れ顔で裕生の鞄を見ている。

「いつも思うんだけど、どうして下敷一枚しか持って歩かない千田《ちだ》さんがあんなに成績いいの？」

裕生の眉間に浅く皺が寄りかかる。そんなこと考えなくたってわかるだろう。別にカンニングをしているわけではない。皮肉のひとつも言おうかと口を開きかけて、そういう立場ではないと思い返す。

「失礼ねえ。ほら、文庫本も一冊入ってるよ」

ぽかんとした彼女を残して、もう用はないとでも言うようにその場を離れた。我ながらたいした利己主義ぶりだと感心する。

鞄を空にして歩くのは何も悪ぶりたいからというだけではない。十二歳の春に、やたらと重い鞄に皮膚の一部を引き裂《さ》かれてから、小児虐待に甘んじないと誓った。第一、家で全教科の予習復習をするわけでもないのに、そんなものを抱えて進学する度に遠くなる道のりを歩くのは不合理の極みだ。

また、高校で買い与えられた学生鞄は物を入れるとすぐに底が広がってしまったから、横から見て三角形に膨《ふく》らんだ鞄はなかなかに醜いと思っていた裕生は、高校に入るとまず鞄の潰し方を先輩に教わり、お湯を張った浴槽に革の鞄を投げ込んだ。

スカートの丈を長くしているのも、決して細いとは言えない脚や膝小僧をむき出しにするのははしたないと思うからで、ベストの丈を詰めたり脇を詰めたりするのにもそれなりの理由はある。要は、人道と美意識の問題だ。

英和辞典のケースを押し込み見かけだけは重そうに膨らんだ鞄を持って、裕生は何喰《く》わぬ顔で校門をくぐると居並ぶ教師陣に「おはようございます」と挨拶をした。

「おお、おはよう」

建て前と建て前が交差する。学校は伝統ある進学校。通ってくるのは花も恥じらう女子高生。悪くない舞台だ。役者は揃《そろ》っている。偏執狂的な悪役教師も薄幸の美少女も。裕生の役どころは何だったろう。彼女は勝手に〈うつむく青年〉役を自分に割り振っていた。〈分別ある好青年〉を演じる原田から暗いと言われてもいたしかたのないことではある。

もう歳を聞かれるのが嬉《うれ》しくないのだと気づいたのは四歳のときだったが、それからはいつも美しくない時間を過ごしてきた。五歳も十歳も十五歳もとても美しい年齢には思えなかった。また、どういう振舞いが年齢にふさわしいのかもよくわからなくて、ぎくしゃくした居心地の悪さだけを感じていた。

十七歳になったらすべてがしっくり馴染むだろうというのはひとつの予感だった。いくつ？　と問われて十七歳と答える。そこには何のためらいも言い訳も必要でない、いわば人生の特異点のような時間だ。そう思った。こんな年は二度とやってくるとは思えなかった。だから、その一瞬毎《ごと》を確かめようとするあまり、いきおい彼女はうつむいて虚しく砂時計を見つめるはめになるのだった。しっくり馴染みはしたが、美しい日々ではなかった。

足りないものばかり多すぎていったい何が足りないのかさっぱりわからなかっ

た。生きるということが新陳代謝と排泄《はいせつ》行為に代表される汚いものに思えて、絶えず死を夢みていた。鋭いエゴイズムこそが魂《たましい》の純潔の証《あかし》だと信じて疑わなかった。なのにそうした信念が、たった一筋の陽光の前にへなへなとくずおれてしまうことにふがいなさを感じて絶望したり、幾度か卑劣な転向を考えてみたりした。

要するに生と死の狭間を観念の上でだけ行ったり来たりしていた。そうする間にも硝子《ガラス》の向こう側の決して触れることのできない場所で、綺麗な砂はたださらさらと落ちていった。

金曜の一時間目は体育だというのが、裕生を喫茶店の前で立ち止まらせた第一の理由だった。案の定、梅雨《つゆ》入り宣言は出たものの大気が湿っているだけで雨の気配のないグラウンドを四キロも走らされる。朝食を抜くのが日常の女子高生、しかも受験生に対するこの仕打ちに、体育教師の残虐さを罵《ののし》った。くらくらした頭をかかえて教室に戻ると、裕生の机の上に制服姿で涼しい顔をした西崎佳奈《にしざきかな》が坐《すわ》っており、隣の席のこれまた澄ました辻倉尚子《つじくらなおこ》と話していた。遅刻してきて体育をさぼったものらしい。やはり自分もそうすべきだったと、裕生は三度目の後悔をする。

裕生が近づくと西崎佳奈は机からひょいと飛び降りて、礼のつもりか詫《わ》びのつもりかにたにたと笑いかける。男物のコロンが漂った。

「おはよう、千田裕生《ちだひろみ》」

悪くはないアルトだが煙草《たばこ》の吸い過ぎでいささかかすれている。校則すれすれに肩まで伸ばした髪と笑えば愛らしいえくぼにもかかわらず、彼女がつまらなそうに歩く姿には一種の凄味《すごみ》といったものが感じられてしまう。この挨拶だって知らない人の耳にはとても親しそうには聞こえない。

裕生にはいくつか呼び名がある。千田さん、千田先輩、ヒロ、裕生、物覚えの悪い教師はセンダと呼び、そして佳奈は裕生をフルネームで呼ぶ。裕生も彼女をフルネームで呼ぶ。

尚子のことは〈尚《シヨウ》クン〉と呼ぶ。これは初めて知り合ったのがクラスメイトとしてではなく、文芸部員どうしとしてだった名残りだ。尚子のペンネームは〈辻倉尚〉だった。裕生も尚子も自分のことを〈僕〉と呼んでいた。原田もそうだった。それが自然だった。

四キロ走った上に四階までの階段を昇ってきた裕生は、挨拶を返す代わりにおもむろに佳奈の前に立つと、すさんだ顔つきでその胸倉をつかんだ。ふいをつかれて、さしもの佳奈も一瞬たじろいだが大きく逃げようとはしない。裕生の口から不機嫌な抑揚のない声が漏れる。

「昨日、なんで休んだの？」

何だそんなことかと拍子抜けして、佳奈は相変わらずにたにた笑いながら答える。

「風邪ひいたんだってば」

裕生がそれでも手を離さないので、前の席の子がちょっと驚いたようにふたりを見ている。尚子は頬杖《ほおづえ》をついて眺めている。

「どうして、よりによって昨日風邪をひくの。それにどうして今朝《けさ》も遅刻？　何のために君を風紀委員にしたのかわからないじゃないか」

ひと気のない時間に校門をくぐった佳奈と尚子は、おかげで校門指導にひっかからずに済んだ。その僥倖《ぎようこう》に気づき、「ラッキー!」と叫んで手を取り合う。

「もっと有権者の意志を尊重してほしい」

裕生はそう言いながら腰を下ろしたものの、息を詰めていたために胸がゼイゼイ言い始めて、着替えもままならず机の上につっぷした。

佳奈も自分の席へ帰っていった。尚子の列の一番前だ。担任に覚えのよくない彼女は気の毒に四月からずっとその席に縛りつけられている。彼女が風紀委員なのは自衛のためと情報をクラスに漏らすためだった。抜打ちの検査に慌てふためくなどということは、行動美学上あってはならないことだ。

ならば原田のように真面目に振舞っていればよいのだろうが、それもさまざまな理由から裕生の気にいらないところだった。一番の理由は人々の誤解を招くということで、真面目で素直な生徒を演じていると、勘違いした先生などから雑用を頼まれたり、ひどいときには密偵を仰せつかったりする。それは信条に反することだった。

そこで、内面を忠実に反映した結果、顎のあたりで切りそろえた髪にやや長めでタイトな仕上げのスカート、板のように薄い鞄、そしてふてくされた顔が裕生に最もふさわしい外見ということになる。そうしていれば教条主義者にも見えないし、頭の足りないあばずれにも見えない、と彼女は思っている。

同じような理由から、裕生はいつも最後尾の席にこだわっていた。前の方の席を好む生徒にはこと欠かない学校なので、たいていトレードは何とか成立する。もちろん脅し取ったりするわけではない。

裕生も佳奈も尚子も野蛮な人間ではない。ハメをはずすことはあっても他人に迷惑をかけることは（そんなには）ない。そして迷惑を被《こうむ》らない限りは誰も人の行動に興味は持たない。一般に彼女たちは、相手の内面に深入りしないことが理想的な友情のあり方だと信じていた。少なくとも半数はそう思っていた。余計な心配もしないかわりに下衆《げす》の勘ぐりもしない。それが礼節というものだと。

偏見のない目をふたつずつ持ったクラスメイトが裕生は嫌いではなかった。適度な無関心さがないとそういうものは養われない。見過ぎるものは常に見損なう。

たとえばある種の教師がそうだ。「わたしは何でも知っている」「わたしがなんとかしてあげよう」的な間違った自信と情熱は彼女たちをうんざりさせる。熱血教師は嫌われ、クール・ビューティが崇められる。

そもそもこの学校には番長だの不良グループだのといった明確非常なワルは存在しない。みんな、それほどには馬鹿でない。けれども非常なワルがいないと、そこそこのワルがクローズアップされてしまうという恨みはある。だから他校では問題にすらされないようなことで大騒ぎをすることもなくはなかった。

窓を開け放った教室にやってきた数学教師はぷるんと身体を震わせてから授業に入った。いやしくも進学希望ではあったから、裕生はかなり真剣に耳を傾けようとする。高校に入った途端に数学は彼女の頭の及びもつかない概念的操作に突入していて、それがかつて算数と呼んだものの延長でないことはもはや明らかだった。具体的な数とか量とかの問題を超えている。無神論であるはずの偉大な科学者たちが晩年になって宗教に帰依する気持ちがよくわかる。

三次関数くらいまではよかった。虚数解の美学に感動し、双曲線の潰えるところまで歩いていこうとした。それが対数関数あたりから雲行きが怪しくなり、微積分とはついに理解し合うことがなかった。結構哀しかった。今もミステリアスな微笑を浮かべた彼が黒板の上で他の娘と戯《たわむ》れているのを、裕生は見るのが辛かった。より率直に言えば、体育の後で眠くてたまらなかった。

あくびをかみ殺し、目をこすりながら辺りを見回すと尚子と目が合う。尚子は、伏し目がちに顎をしゃくり「わかる？」と聞く。裕生は走り書きしたノートの切れ端《はし》を黙って手渡した。

——美しき　数式があまた　ならびたり　その不可解さに　なみだ滲《にじ》みぬ

（本歌どり）

本歌ではたしか「不可解さ」ではなく「尊さ」だった。何でも相対性理論を研究していた偉い学者らしいが、色恋沙汰《ざた》で大学教授の地位を投げたとかいう奇特な人だ。

微積がわからないとやはり相対性理論はわからないのだろうか。いや、ああいうものは案外哲学的方向から攻めていくとわかるのではないだろうか、とそんなことを裕生は埒《らち》もなく考え始めた。でもやはり〈万有引力とはひき合う孤独の力である〉と言い切ってしまう谷川俊太郎《たにかわしゅんたろう》の文学の方が真実に近いという気はするのだった。

日本史の授業を寝て過ごすと、五十分で百年間を駆け抜ける超人的な先生は、いつの間にか巻舌の紳士にかわり、舞台はアメリカ合衆国に移っていた。「僕の言うとおりにしていたら君は今ごろ幸福でいられたろうに」だとか「もし家に火がついたとしたらどういうことになるだろう」とか、そんなことを言うから日本人は嫌われるのだと思いながら聞いていると、昼休みになり廊下をけたたましい足音が駆け抜ける。

一階までパンを買いに走る生徒の疾走だ。将来バーゲンセールで役立つであろうその熾烈《しれつ》な闘いを人任せにして、裕生はキリギリスよろしくまんまとドーナツと牛乳を手に入れる。椅子《いす》をベランダに出して本を開いた。

佳奈たちと机を囲むこともあれば、もう少しまともな級友と囲むこともある。ただ、いつもそうすると決めてしまうことが裕生は苦手だった。明日もそうしたいかどうかは今日はわからない。いつもこうすると習慣づけてしまうと、ちょっと気まぐれにひとりになりたいようなときに思わぬ気を使うことになる。刹那《せつな》主義が彼女の信条だった。

そういうわけで、今日裕生がベランダでひとりきりでドーナツを食べていても、「わたし嫌われたのかしら」「何か怒っているのかしら」「悩みごとでもあるのかしら」といった的はずれな誤解はどこからも生じない。日向《ひなた》ぼっこをしながら本を読みたいのだという単純な事実は歪《ゆが》まず正確に伝わる。

事実は真夏のアスファルトのように歪みやすいものだから、これは馬鹿馬鹿しいことのようで結構重要なことだと裕生は思う。

◆否定語を並べれば僕ができる

「直射日光は目に悪いよ」

クラスの違う原田がやってきて、脇に立っている。

「今度は何の本？」

「別に。つまらない本だけど」

「のんきに読書なんかしてないで英単語のひとつも覚えたらどうなのよ」

原田は言葉に詰まると時々どこかのおばさんのような口調になる。裕生はボソボソと答えた。

「単語のひとつやふたつ覚えたって大勢には影響ないと思うけど」

「チリも積もれば山となるんだってば」

「ゴミの山ならごめんだな。何の用？」

原田はわざとらしく教室を振り返りながら、

「尚クン、来てる?」と聞いた。

「重役出勤してきてたけど。どっか消えたね」

「知ってる? 尚クン、サ店で煙草吸ってたの見つかって昨日呼び出されたの」

「聞いてない」

「部室だけではやるなってクギ刺しとくのよ」

「了解《ラジャー》」

「裕生もよ。部長の君がひっぱられたら迷惑するのは部員なんだからね」

裕生は椅子にもたれたまま最敬礼の仕種をし、本へ再び目を落とそうとする。けれども本を覆った原田の短い影は動く気配を見せず、見ると彼女は裕生に背を向けて中庭に目をやっている。放っておこうと思う気持ちが、丁度今の太陽と同じくらいわずかに傾く。

「珈琲飲む?」

本の続きを諦《あきら》めて裕生が声をかけると、内心ほっとしつつも原田は横柄に答える。

「つき合ってもいいよ」

可愛げのない奴だと思いながら、裕生は本を閉じた。J・G・バラードの〈結晶世界〉だ。

校舎は全体が井桁《いげた》の形をした鉄筋の四階建てで、裕生たち三年生の教室は北棟四階、学芸各部室は東棟三階にある。いわゆる文化長屋で、校庭にも体育館にも特別教室にも縁のない国語部だの漫研だのといった得体の知れない部に混じって文芸部も表札を掲げている。

教室の半分くらいしかないその小部屋に光が当たるのは、部員たちがおのおのの家であくびをしながら顔を洗ったり制服を着込んだりしている間だけだから、誰かが覗く頃にはいつでもしっとりと闇《やみ》の表情をたたえていた。

朝早く登校したとき、昼休みに教室の喧騒《けんそう》が煩《わずら》わしいとき、学校へは来てしまったものの朝礼だの生徒会総会だのに顔を出す気になれないとき、喫茶店に行くお金がないとき、裕生はよくここへやって来て珈琲を淹《い》れた。

すでに明りが灯《とも》されて誰かが話し込んでいることもあった。窓際《まどぎわ》にひとりぽつんと少女が坐っていることもあった。もちろん、誰もいないこともあった。ただいつも珈琲の香りが部屋いっぱいに立ちこめ、廊下にまで漂っていた。それは学校にはいささか不似合いな香りだったので、通りかかる先生や生徒たちはしばしばそこで足を止め、怪訝《けげん》そうに〈文芸部〉の表札を見た。

その部屋の中で彼女たちが何をしていたのかといえば、空気を吸っていたというのが正しい。冗談やはぐらかしでなく、彼女たちはそこで何ほどのことも語り合わなかったし、友情を育みもしなかった。ただ、そこにはきわめて居心地のいい空気が漂っていた。

誰も彼もが己の皮膚の一センチ外にも関心がないほど傲慢《ごうまん》で、また、自分は他人を非難できる者ではないと思うほどには謙虚だった。

ひとりでいたがる者たちが、孤独を愛するというそのことによってつながりを得ようとするのだから、その矛盾した関係を保持するのはきわめて複雑微妙な作業であり、複雑微妙すぎるために放棄され、かえっておおらかなあるいはがさつな振舞いが励行された。

つまり陰鬱《いんうつ》な雰囲気はなかった。先輩から後輩へ用済みになった定期考査のプリントが譲られ、先生たちの噂話が面白おかしくされ、ロック・グループの情報が取り交わされ、漫画の文学的意味が討論され、最近読んだ書物が批評された。心の内だけが語られなかった。それはいかように語ろうとも、わかり合えないものだという共通の理解があった。語れないけれども、そこに何がしかのものがあるということだけが確認された。それだけで彼女たちは充分満足だった。

扉を開けると一年生の神田《かんだ》あけみ、渡辺友子《わたなべゆうこ》、二年生の今村弥生《いまむらやよい》が楽しそうに談笑していた。あまりに楽しそうだったので、原田と裕生はやや気後《きおく》れがする。

「やあ」と言って裕生は本を机の端に放ると、カップを取り出してドリッパーをのせる。

裕生たちが来たことで話は中断されてしまい、その沈黙を決まり悪く思うのか、原田が裕生に尋ねた。

「ところで予算取れた？」

裕生はすでに熱くなっている電気ポットからフィルターの上にお湯を注いでいる。

「五万円上乗せさせた。当分、君の好きなキリマンが飲めるよ」

「揉《も》み手でもしたんですか？」

次期部長になるであろう今村弥生が他人事ではないと思うのかそう尋ねる。

色白で柔らかそうな肌に唇がひときわ紅く見える、そのお人形さんのような顔立ちの割には性格がきつい。以前は朔太郎《さくたろう》に心酔してずいぶん過激な白樺《しらかば》派批判を展開したものだが、いつだったか裕生が薄田泣菫《すすきだきゅうきん》の〈白羊宮〉を貸したら「いいですねえ」と素直に受け入れ、それなら蒲原有明《かんばらありあけ》にでもいくのかと見ていると一気に万葉集まで遡《さかのぼ》ってしまった。先だって万葉仮名で詩を書いてきたときにはなんだかパズルを解いているようで裕生たちも閉口したが、一年生はもっと面食らったようで数名はそれっきり部室に現れなくなった。

「うん、まあ」

実際は架空の活動計画と予算計画をもとにした理詰めの交渉だった。まるでそれが自分のお金みたいな生徒会の態度が気に入らなくて、そんなこともわからないのかというような冷笑を浮かべながら説明すると、相手はムキになるよりも早く追い返そうという賢明な態度に出た。

「部員も増えたしね、そう手間ではなかった」

別に嬉しくはないという態度で裕生は付け加える。

文芸部の入部希望者が多いのにはふたつの理由がある。ひとつは反体制的、相互不干渉的な雰囲気が一部の素行不良者には絶好の隠れ蓑《みの》と映るからであり、もうひとつはロマンチックな乙女を自認する新入生が勘違いしてやってくるからだ。

どちらも迷惑なことなので、新学期の初めの頃は気に入らない新人を遠ざけるために、部全体がきわめて排他的かつ攻撃的になる。

「そういうのはさあ、〈詩とメルヘン〉にでも持ってけばあ？」

「君の彼の睫毛《まつげ》が長かろうと短かろうと、あんまり興味は持てないんだけど」

そんなことを二言、三言冷たく言い放つと、だいたい新入部員の半数は幽霊化する。つまり、籍は残して活動には参加しなくなる。これが一番有難かった。活動部員は一学年五人以内に納めておかないと居心地がよくない。

ここにいる神田あけみが最初にやってきたときも、ヘッセの〈車輪の下〉に感動しましたと言うから、なら〈デーミアン〉はどうか〈ナルチスとゴルトムント〉は、トーマス・マンはと詰問調で裕生は虐《いじ》めた。彼女はうつむいて押し黙っていたけれど、翌週には言われたものを読破したのか夢見がちな笑みを浮かべていた。短い三編みをきつく編んでいる。そのせいか髪の分け目の地肌までが陽に焼けている。

渡辺友子の場合はお定まりのサリンジャーだった。

「〈ライ麦畑〉?」

「はい」

「ふーん、ああいう腑《ふ》抜《ぬ》けたのが好き?」

彼女はムッとして裕生を見つめ返した。

「僕もサリンジャーは嫌いじゃないけどね、〈ライ麦畑〉だけはどこがいいのかさっぱりわからない。〈フラニー〉や〈シーモア〉のシリーズは好きだけど」

それは、後日〈ライ麦論争〉と呼ばれるものにまで発展したのだが、このときは裕生の方が劣勢だった。

「わからないのは裕生の勝手でしょ」

という原田のひとことに、「そうかもしれない」と、叱《しか》られた子供のように引き下がって幕を下ろした。好き嫌いを言い合っても論争になどなるはずはない。ただ、何が好きかでお互いをさぐり合い、部屋の匂いに馴染むかを嗅ぎ当てる。強いて言えば、それは珈琲の匂いであって断じてチョコレート・パフェであってはならないというのが共通した見解だった。

後輩たちの話題は音楽に関することだったらしく、ビートルズとピンク・フロイドに造詣の深い原田はそちらの話に釣り込まれていった。思うに語学の好きな人間は総じて音感がいい。原田はよくいにしえのビートルズ・ナンバーを口ずさんでいる。

裕生はひとり窓際に椅子を寄せると、カップを片手に本の続きを開く。水晶化した森の屋敷でベントレスが言うくだりだった。

——わたしたちすべてが失いつつあるものは、まさしくこの時間なのです。時間が底をつこうとしている。

秒刻みで減りつつある自分の十七歳の時間を裕生は思った。刹那主義を標榜《ひょうぼう》する彼女には、消えていく刹那刹那の切片が目に見えるようだ。消えていく時間はどこにいくのだろう、そう思って薄暗い小部屋を見渡してもどこに目をやってよいのかわからなかった。

昼休みの終りを告げる予鈴だけがゼリーのような空気をふるふる震わせた。

「中庭の紫陽花《あじさい》より自分の顔が魅力的だと言うつもりはありませんがね、君を志望校に近づけるのはわたしの顔の方ではないですか。ねえ、センダユミ君」

頭の上で同じように中庭を見やる先生の顔を、裕生はそろそろと上目使いで見上げた。

「そう思いませんか」

「おっしゃるとおりです」

「何がですか。わたしの顔は見るに値しないということがですか」

教室が大笑いする。笑う気になれない裕生はどうしたものかと言い淀《よど》む。

「よろしい。みんな食後の昼寝から目が覚めたようだ。センダ君、華胥《かしょ》の国から戻った皆さんに憶良《おくら》を訳してあげて下さい」

「えっと……」

「ここです。

――世の中を憂《う》しと恥《やさ》しと　思へども　飛び立ちかねつ　鳥にしあらねば」

「はい。ええと……世の中はつらく恥多きものだと思う……けれども、飛び出すことはできないのだ、わた……しは鳥ではないのだから」

「よろしい。何も世を憂《うれ》えているのは君だけじゃないんですから、もう少し腰をすえて現実と取り組んだ方がいいですよ」

酒臭い息の冴えない教師にしては気の利いた忠告だ。気が利きすぎていると裕生は思った。笑っているのは皆なのに、尚子の声だけが裕生の鼓膜を気ざわりに震えさせていた。

よく笑う尚子。でもそれはいつもほんの少しだけ不自然に感じられる。からからと乾いた音を立てて上滑りで、軽い分だけほの暗い。どこで覚えたのかと思うような蓮《はす》っぱな笑いだ、いつも、そう。

以前はそうではなかった。彼女は声を立てて笑いさえしなかった。嘘を覆い隠すような微笑、忍び笑い、相手を傷つけるちくりとした嘲笑《ちょうしょう》、冷笑……そんな笑いをいくつも身につけていた。それはそれで不健全ではあるかもしれないが、遥かに尚子らしかったし自然だった。

ぼくに与えられた
ぼくの一日を
ぼくが生きるのを
ぼくは拒む

尚子の書いたそんな一節が、裕生を振り向かせたのは一年生の晩夏だった。それまで彼女たちは同じ部に属しながら、先輩たちの膨大な知識や醒《さ》めた思想、おとなびた物言い、それでいてちょっと子供っぽい感傷に魅了され振り回されて互いに見つめ合うことさえしなかった。

けれども、十六歳の世をすねたような少女には、先輩のおとなびた言葉よりはずっと尚子の言葉の方が身の丈に合っていた。裕生は尚子の言葉に注意を払うようになった。

その冬に批評会をかねた合宿が行われた。予定をこなしたあとの雑談は文学談義になるのが常だった。その日も各自がてんでんばらばらに好きな作家、好きな作品をあげて語り始めていた。先輩の誰かが与謝野晶子《よさのあきこ》だと言い、誰かが西脇順《にしわきじゅ》三郎《んざぶろう》だと言った。十数名の部員がいた。太宰《だざい》があがり、三島《みしま》があがり、ヘッセもカミュもワイルドもあがった。

尚子が何と言ったのか裕生は思い出せない。尚子は終始うつむいて、眠ってるのではないかと思うような態度で（一年生にしては少しふてぶてしかったかもしれない）耳を傾けていた。尚子が促されて何かを言ったとき、ああ、やっぱりそうだ、と妙に納得したことだけを覚えている。

　裕生は何と言ったのだったか……裕生が尋ねられたときには、すでに彼女の知る作家たちはあらかた出し尽くされていて、戸惑って……〈かぐやひめ〉だと彼女は言った。

「竹取物語？」

「いいえ、〈かぐやひめ〉の絵本です。朝倉摂《あさくらせつ》の挿絵のある紫の表紙の。幼稚園の頃、僕はどうしてもそれが欲しくて……」

　皆と似たりよったりの答えをするのが嫌だったのかもしれない、インテリぶるのが気恥ずかしかったのかもしれない、とにかくその絵本がどのように美しかったか、三年目の秋には去らなければならないかぐや姫の運命がどのように自分を胸苦しくさせたかを裕生が居直って話し始めたとき、尚子は顔を上げて裕生を見た。

　ふたりは語り始めた。どちらも積極的に人に近づいていく性格ではなかったから、会話は弾まず、おずおずとした調子のもので、機会もそう多くはなかった。たまたま部室でふたりきりになったとき、あるいは、部員をまじえて談笑している中でさりげなく語った。普通ならば二、三時間で済むような内容をほぼ一年かけて語り合ったのだとも言える。

どちらも語るよりは聞きたがり、それでいて心のどこかでは耳をふさごうとしていた。それを隠すようにことさら無邪気になろうとして失敗した。

「〈二十億光年の孤独〉を読んだ?」

「……うん。泣いた、僕」

「キルケゴールが……もちろん、読んだって半分もわからないんだけど……本を開いただけで苦しくなって……」

「〈死に至る病〉〈わたしにとっての真理〉……僕らをひとことで殺す文句だ」

少なくともあの頃、裕生と尚子は似た者どうしだった。自分を溶かし出してしまうような光を恐れ、寧《むし》ろ輪郭をはっきりと描き出す影や、いっそのこと存在をかくまってくれる闇を愛し、晴天の日よりは雨の日の方が機嫌がよかった。十代半ばにして生を疎み、白雪姫やシンデレラよりは月に帰るかぐや姫に心を打たれた。可哀想だと思ったのではなく、羨《うらや》ましかったのだ。

自分を取り巻いている存在や思惑がうっとうしくてたまらず、媚《こ》びない程度の微笑を愛用することで友人どうしの馴れ合いからも反目からも器用に身を遠ざけていた。誰にも何も期待してはいけないと自ら戒め、相手の横暴は許しても、わかったような同情やいたわりには必ず冷笑で一矢を報いずにはいなかった。

その実、心の中では自分にないものばかりを数え上げ、こんなにマイナス勘定の多い自分なら、いっそいない方が理にかなうと思い詰めて逃げ場所を捜していた。

誰にもそんな自分の思いがわかるわけはないとかたくなに思い込み、自らの内面を隠蔽《いんぺい》に隠蔽を重ねて隠しながら、でもほんとうはかくも心弱き者なのだと叫ぶために言葉を書き連ねるという矛盾を犯していた。どうにもやりきれない感傷と怠惰《たいだ》をもてあまし、もてあそび、真摯《しんし》であって不真面目だった。

そんな者どうしが友情を結べるものだろうか。孤立を気取り、解釈されるのを何よりの屈辱と感ずる者たちが、もし双子のように似ていたとしたらそれはあり得ないだろう。だから彼女たちは理解よりも無理解を、寧ろ何かしら意見の対立を求めて呟き合い、はかばかしい結果を得ず、そしてある日ふと黙り込んだ。

ふたりの間には一冊の詩集があり、ひとつのセンテンスがあった。

――夢は、たったひとつの夢は生まれなかったらという夢だから、贈られるのは嬉しいだろう。

その言葉は裕生の胸の中で、硝子の触れ合うような音を響かせた。透明できらびやかで、それでいて脆《もろ》く哀しい響きだった。徐々に音は高まり、胸を裂いていった。

状況が許せば裕生は泣きたかった。胸の震えとでもいうものに身を委《ゆだ》ね、切ない死の夢に呑《の》まれて泣きたかった。けれどそうはさせないもうひとつの魂が、同じように今まさにこの夢に呑まれようとし、けれど自分の不在を夢みるのならまずその抹消を試みるべきではないかと自ら問いかけ、相手がそれを指摘しないはずがないと息を呑んで夢の前に立ちすくむ尚子の魂がそこにあった。

ふたりは、ふたりであるがために身をこわばらせて黙り込んだ。目を逸《そ》らし合いながら、互いの胸がヒクヒクと震える音を聞いていた。その震えの中に、ありがちな自己陶酔のうねりと、高潔な魂を気取る虚飾の顫動《せんどう》とを同時に認めていた。より多く哀しめることを誇るような、より傷つきやすいことを言い訳にするような、まるで転んだだけで大声をあげて泣き叫びおとなの庇護を要求する幼児のような浅ましさを相手の中に、そして自分の中に見いだした。

彼女たちは素直に感傷に浸れなかったことで互いの存在を憎んだ。憎みつつ、そこに転がったふたつの魂がなんと弱々しく、澄んだ感傷に包まれて蛙の卵のように見え透いているのだろうと知ってゾッとした。

この日、裕生も、おそらく尚子も、取り繕うのはおまえの役目だと言わんばかりの沈黙にどっぷりつかりながら、自分たちが平凡きわまりないひとりの餓鬼《がき》だと思い知らないわけにはいかなかった。

あれから裕生は〈僕〉を気取る自分の心情について考え始めた。もっと純粋でもっと硬くもっと毅然とした固有の一人称がほしいと思った。魂を、透けて見えても恥じない水晶のようにしたいと願った。

尚子の方は部会に出てこなくなり、会えばからからと空虚に笑うようになった。

尚子の魂はくぐもったベールに包まれ、三年になって同じクラスになってみると、いつしか彼女は〈あたし〉という一人称を身につけていた。

「言ってやればよかったのに、センダじゃなくてチダです。ユミじゃなくてヒロミですって」

机の縁をつかむ佳奈の腕には男物の時計がぶら下がっていた。恋人どうしで時計を交換するのが流行《はや》っているらしい。

「名前、間違われるのって一番腹立たない？」

「慣れてるから……」

太い銀色のバンドがルーズに掌《てのひら》の方まで落ちているのを眺めながら、裕生は言った。

「なるほど」

佳奈が手首を上げると、ジャラリと音がして今度は時計が肘《ひじ》の方まで移動した。何時だろう、と裕生は身を捻《ひね》ってそれを覗き込む。

「自分だって忘れちゃうことあるんだよ、名前。先生が間違えたって仕方ないよ」

佳奈は肩をすくめ、すくめたついでに揉みほぐしながら、教室移動を促した。

センダだろうがチダだろうが、ユミだろうがヒロミだろうが、どうせ自分でつけた名前ではないと裕生は思う。自分だったら……自分だったら、名などつけないだろう。こんな何もないようなものに名などつけようもない。〈千田裕生〉という名は、まるで空の鞄のようだ。持って歩けば言い訳は立つが中身はない、そんな気がする。

多分そんなとき、裕生は〈僕〉に、より同化するのだろう。〈僕〉と書くとき、それは、ひとつの目、千田裕生の肉体やうっとうしい思惑を離れたひとつの魂の視点だった。透明な視点。何者でもない僕。

女らしくするのが嫌だった。優等生らしくするのが嫌だった。人間らしくするのも嫌だった。どれも自分を間違って塗りつぶす、そう感じたのはいつ頃だったろう。器用にこなしていた〈らしさ〉のすべてが疎ましくなって、すべてを濾過《ろか》するように〈僕〉になり、そうしたらひどく解放された気がした。女子高に来ると他にも〈僕〉たちはいっぱいいて、裕生はのびのびと〈僕〉であることができた。

要するに否定と拒絶からなる〈僕〉は、のびやかで透明だったけれど、虚ろに弱々しくもあった。

◆僕にはY染色体がない

〈プラ成〉〈プラナリアと成増《なります》という姓と、もしかしたら〈うらなり〉にも少し由来する〉は学ぶ者が師のもとへ足を運ぶのが当然だと考えていたので、また自分の城を愛してもいたので、裕生たちは週に二度、教室から最も遠い南棟の一階にある生物講義室に足を運ばなければならなかった。

裕生はそこでもやはり窓際最後尾に強引な指定席を作っていた。窓際にだけ強烈な光が降り注ぎ、反対の廊下側は明りをつけても薄暗い、採光のバランスがとれない部屋だ。

この窓際に坐っていると、光にさいなまれているという感じがいつも付きまとう。裕生はカーテンで光を遮ろうとはしなかった。光の試練は彼女の恋にふさわしく思えた。

四月のこと、最初の生物の授業の日のこと。光を反射している白いノートと闇に沈んだ黒板を交互に見ていても何も判読できはしなかったから、裕生は窓からの景色をただひたすらに真面目に眺めていた。そちらに神経を傾けることで、春という季節にむかむかとしてくる自分の身体を必死で机にとどめていた。生物講義室はいつでも彼女の焦燥と倦怠《けんたい》を明確に暴き出してとまどわせる。

そもそも、おまえにはY染色体がないとだめ押しのように宣告されたのもこの部屋だった。そのとき裕生は泣きたいほどにうろたえた。血友病になってもかまわないからY染色体がほしいと思った。

無論、妙な突起物がほしかったわけではない。そういう意味でなら何もほしくはなかった。胸の突起さえほしくはなかった。皮下脂肪もいらなかったし、まして卵巣や子宮など悪魔に売り渡したいくらいだった。

女子校では誰も女性である必要がない。皆、ただ一種類の人間でありさえすればよかった。だから忘れていられた彼女らの性を、プラ成は情け容赦《ようしゃ》もなく相対化してみせた。そのとき、裕生は自分にないもののリストにY染色体を書き加えた。

四月のその日は、色の濃い空に雲があった。ぽっかりと白い綿雲が浮かんでいた。輪郭のはっきりした小さな雲だった。

雲は天にあり、彼女は地上のさえない柵の中にいた。裕生は声には出さずに呼びかけた。迎えに来るなら今よ。今来なければ間に合わないよ。普通のおとなになって、もう見分けがつかなくなってしまうよ。そこにいるのはわかっている。じっと僕を見ているのはわかっている。驚かないから迎えに来て。

本気だった。必死で、雲の陰にいるであろう仲間に思念を送り続けていた。かぐや姫のように帰るところがあるならどんなにいいかと思った。あてどなく続くであろう恐ろしい未来を、自分だけは免れ得るのではないかと心のどこかで信じていた。

ＤＮＡの構造の話を耳の片方で聞きながら、自分が本来関わるべき世界へと連れ去ってくれる者の声を聞き分けようとしていた。月でもいい、何億光年離れた星でもいい。その使者は、あの雲の陰にこそいそうな気がした。雲はまるで生物講義室を覗き込むようにいつもより低いところを漂っていた。

ＤＮＡが何だ、生命の神秘が何だ、肉体は精神の軛《くびき》に過ぎない。遺伝子にいったい僕の何がわかるだろう。

未知との遭遇がほぼお流れに決まりかけた頃、落胆した裕生はボードレールの一節を虚しく机の上に刻んだ。雲を見ているうちに思い出したのだ。

——君は誰を一番愛するのか？

何人の生徒がこの席に坐りこの一節を見つけたのだったろう。次に生物の授業があったとき、それが問いとして解釈されたことを裕生は知った。そこにはいくつかの答えがあったからだ。

ある者は率直に「男」と記し、ある者は「プラ成」と記していた。裕生はそれを見て微笑《ほほえ》んだ。男を愛すると言い切れる者を羨んだし、彼女らの行き場のない懊悩《おうのう》を適当なところで見逃し、期待と賞賛に倦《う》んでいる彼女たちを軽く罵倒することで解放してくれるプラ成は裕生も決して嫌いではなかった。

さらにロック・グループの美形ベーシストの名があり、漫画の主人公の名があった。いずれも裕生の趣味にかなうものだった。

見ず知らずの同好の輩《ともがら》に敬意を表し、裕生は詩人の答えが「雲」に行き着く詩編の末尾までを一時間かけて思い出し書きつけた。

——エトランジェ「パリの憂鬱」から

と出典まで添えたときチャイムが鳴った。

そんなふうにして彼女らとの他愛ない机上通信が始まり、いつしかベーシストの名をあげた子が固定した相手になった。机が文字でいっぱいになり、誰かがご丁寧にそれを全部消しゴムで消してから、彼女らは手紙を机の中に忍び込ませておくことで交信し始めた。女の子にしては珍しく丸みのない爽やかな文字が印象的だった。

名乗り合ってつきあう気持ちは裕生にはなかった。ボードレールの詩を机に書きつけるなんて我ながら気障《きざ》でいやらしい行為だったと思うし、相手がわからぬ気安さから知ったかぶりの生意気なことも書いたから、正体を知られたくないという気持ちの方が強かった。

けれども相手はそれが彼女であると気づいたようで、先だって裕生のロッカーの中に投げ文があった。狭山《さやま》穏香《しずか》の名をそこに見て裕生は動揺した。もしかしたら、やはり雲の陰に守護神はいて、迎えに来る代わりに彼女を与えてくれたのかもしれないとさえ思った。

彼女とは去年同じクラスだった。白鹿のような少女だった。ほっそりした顔は磁器のような肌に覆われ、切れ長の目を持ち、段をつけてカットした髪は硬い直毛のせいか頭の上の方で立っていた。腰が細く、運動神経がよく、従ってあまり女性的には見えなかった。

といって性格に派手なところも暗いところもなく、クラスの中でも目立つということはなかったが、裕生にとってはとてつもなく目立って見えた。素直な少女たちのグループで、その明朗で気取らない性格を愛されながら屈託なく笑う彼女の少しハスキーな声が耳に届くだけでも幸せになった。

　彼女を眺めるのはもっと好きだった。とりわけうつむいた彼女を斜め後ろから見たときに漆黒の髪の陰からのぞく尖《とが》った白い顎と、バスケットボールやハンドボールでシュートを決める一瞬が好きだった。それはしなやかな獣《けもの》のような動きだった。

　裕生は一年間彼女を眺め暮らしていた。尚子との息詰まるような交流にうちひしがれて教室に戻って来ると、狭山穏香のすがしい笑顔が待っていた。裕生にとって尚子が闇の化身なら穏香は光の化身だった。存在しているというそれだけで有難かった。

　それでいて接近しようと考えたことがないのは、裕生の関心が穏香の外見にしかなかったからだ。彼女の趣味も細かな性格も知らなかったが、その美しさだけは誰よりよく知っていた。彼女は物云わぬ塑像《そぞう》、動く塑像であり、裕生は「見る者」だった。見ていると胸がチクチクと刺されるように痛んだ。

今はもうふたりに生物講義室の机は不要だった。一緒に帰りたくなると頃合を見計らって昇降口で待ったり相手の教室をのぞきに行ったりした。互いに勘はいい方だった。待っていると必ず彼女は来た。

それでも毎日一緒に登下校するとか一緒に昼食をとるとか、そんなふうに決めることはしなかった。束縛を好む少女の友情の形が裕生は好きでなかったし、彼女に友情を与えることはできないと知っていた。それは恋であり、かなり一方的な感情だった。長く一緒にいたら失神するのではないかと思うほど裕生は緊張を強いられ、そんな緊張を穏香が美しいという理由だけで自分に許した。

裕生は彼女を狭山さんと呼び、決してその美しい名前を呼んでみることはない。誘惑にかられることはある。誰かが「穏香」と軽く声をかけ彼女の肩に触れれば、必ず裕生は苦しんだ。けれどそれをしてしまったら、何かが壊れ、ときめきは持続しないだろう。

失うべき何ものもリストには見当たらないのに、それでも失うことを恐れるのはゼロより少ない数を知った知性の弱みだと裕生は思う。

清掃とHRの後、裕生が部室で用を済ませて教室に戻ってくると、その穏香がぼんやりと机の上を眺めていた。そこには裕生の鞄があり、鞄の上には穏香が誕生日にはちょっと早いけどと言って先日くれた手提げ袋が乗っている。裕生の好きな紫色だった。

小さく声をかけると、彼女は振り向きホッと頬をゆるめた。

「ああ、どうしようかと思ってたとこ。鞄が出してあるから、もうすぐ帰るんだろうなと思って」

「うん、帰るよ」

裕生は軽い鞄をつかんで教室を出た。

「この手提げね、すごく評判いいの」

「ほんと?」

うんうんと頷きながら歩く、それだけのことで裕生のしかつめらしい顔は嘘のように明るく柔らかくなっていった。

少年じみた穏香が裁縫をすると知ったときは一瞬啞然《あぜん》としたが、そこにかなり色彩の幅が広い中でも裕生が一番好きな紫色をみつけて感動した。

麻地の手提げ袋は鞄とまったく同じサイズでマチがなく、裕生はその紐を汗で汚さぬよう学生鞄の把手《とって》にひっかけている。布の手提げをたるませないようにするためだけに下敷と缶のペンケースが入れてある。物を運ぶために手提げを持つのではなく、手提げを持つために物が入っている。空の鞄を運ぶよりはいくらか意義のあることだ。手提げ袋は穏香が縫ってくれたのだから。そして衣服も靴下も髪を留める輪ゴムさえ自分で色を選ぶことのできない彼女たちに許されているのはせいぜいが手提げ袋を選ぶことくらいだった。

「そうだ。僕ちょっと駅裏のスーパーに寄りたいんだけど、いい？」

「いいけど、何買うの？」

「歯ブラシ。明日合宿なんだ」

「文芸部の合宿ってどんなことするの？」

「新入部員との親睦を深めるというか、まあ批評会とか学祭の打ち合せとか」

夏休みが明けると間もなく学園祭が開かれることになっている。それを機に部を後輩に引き継ぐことになるのだった。

「ふうん。ねえ、どうして千田さんって自分のこと〈僕〉って言うの？　前から変わってるなと思ってたんだけど」

「そうかな、習慣だからよくわからない」

ありふれた質問も相手が穏香なら疎ましくは感じなかった。だが、誠実に答えるとなるとそれは厄介な問題だ。

「男の子になりたかったの？」

母や男友達は気味が悪いからやめてくれと言う。そんなときは裕生も面倒がって、だって男の子になりたいんだもんと言いきってやり過ごした。たしかにかつてはとても男の子になりたかった。少年という言葉には爽やかさがあるけれど、少女という言葉には得体の知れないうさんくささがある。

「よくわからない。きっと女の子は嫌だったんだと思う」

「どうして？」

「どうしてって聞かれても困るんだけど……なんて言うか……うん」

「……？」

　無邪気に切り返す方法はないかと裕生は考えるけれども、無邪気さという点では穏香の方が数段勝っており、裕生は自分の頬に注がれた視線を感じながら言葉を捜す。

「産んでくれと頼んだわけじゃないのに生まれてきて……って考えたこと、ある？」

「……ないこともない」

「産んでと頼んだわけじゃないのに生まれてきて、生きるって決めたわけじゃないのに、人間として生きることさえ選択してもいないのに、女性として生きるって決めつけられて何の選択権もないなんて、とても理不尽な話だって昔思ったんじゃないかな。『ちょっと待って』って言いたかった。だから、男の子になりたいかどうかはともかく、とりあえず女の子ってことはこっちにおいといてって」

　実際、最近は同年代の男の子を見ていると、昔ほど無邪気に男の子になりたいとは言えないものを感じる。

「ふうん……それってつまり、男とか女とか言う前ののっぺらぼうな人間ってこと？」

「えっ、うん、そう」

のっぺらぼうという言い方に少しとまどいながら裕生は頷いた。裕生の中ではそれは透明な人間性という意識だった。性以前の透明な精神性。

「女の子ってことはこっちにおいておくと、どうして〈僕〉になるの？」

穏香は曖昧《あいまい》に頷いてはくれなかった。意外な熱心さが裕生をとまどわせる。

「……さあ。だって、日本語には男女共通の〈I〉ってないじゃない」

「〈わたし〉は？」

「おとなはともかく、僕らの年齢で男の子が〈わたし〉なんて言う？」

「言わないね」

「でしょ？　子供って、女の子しか〈わたし〉なんて言わない。もっと小さい頃は自分のこと〈ひぃちゃん〉って呼んでたけど」

フフフと穏香は笑った。三歳のひぃちゃんでも思い浮かべたのだろう。

「じゃあ、いつ頃から？」

「えっ？」

「いつから〈僕〉って言い始めたの？」

「そんなの覚えてないよお」

嘘だった。人より遅い初潮を迎えた頃からだったと裕生は記憶している。けれどもそんな話を他人にしたくはない。ましてこんな明るい午後、彫刻のような穏香を前にして。

穏香は、そう……と呟き考え込んでから、

「でも……」と言いかけて口をつぐむ。

「でも？」

「でもね、そんなことできるのかなあ……生まれたときから女性で、女性として認められるってことが人間として認められるってことじゃないのかな、わからないけど」

穏香は照れるように笑いながらそう言ってかすかに歩調を速める。裕生は少しばかり鼻白んだ。穏香のあまりの健全さにも生真面目すぎる態度にも。そして何より、ただ美しい塑像であってくれればいいと思っている彼女が頭の中で自らの女性性について思い巡らせていると知らされることにも。そんなことを考えるにはそれなりの理由があるものだ。

裕生は、鞄を抱え込んで空を見上げる。

「彼……いるんだ?」

穏香はどういう表情をしようかと戸惑った末に、おどけた調子を選んで答える。

「それらしいのはね」

それはそうだろうなと裕生は思う。穏香には艶《なまめ》かしさはないけれど、爽やかな美しさがある。男の子だって馬鹿じゃなければそれに気がつくだろう。

千田さんは?　と穏香は尋ねる。裕生は小首を傾げて笑った。そして促されるままに幼い頃の恋や先だってつき合って十日で別れた恋人についてポツリポツリと語りながら、妙なことになったと思った。

裕生にとってこれは、恋人に「実は他に好きな人がいる」と告白され、自分もかつての恋人の話をするという情けない場面にほかならない。裕生は友人どうしの打ち明け話を望んではいなかった。けれども心のどこかでは、そういう演出が穏香を安心させることも心得ている。また、彼女に恋人がいると聞かされても裕生の胸はあまり痛まない。その恋人は男性に違いなく、彼が穏香から得ようとするものと裕生がほしがるものとは明らかに違う。僕にはY染色体がない。

裕生は自分が男嫌いだとは思わない。かつてとても好きだった男の子が手を引いてくれたときは、どきどきしながらも自分は世界で一番幸福だと思った。十日で別れた彼が胸に抱いてくれたとき、それは思いもかけず深くて暖かくて心地よかった。でも、だからこそほんとうに愛した人の胸でなければならないのだと、そんなふうに感じた。そして今は誰かを愛する自信がなかった。

自信をなくしたのは、一年前、愛犬を死なせてからだ。キャンキャン吠《ほ》える犬を、それが末期の苦しみからだとは知らなくて叱りつけ、優しく死を看取ってやることができなかった。犬がピクリとも動かなくなったのに気がついたとき、恥じたり悔いたりすることではすまない自分の恐ろしい性根を見た気がして身が凍った。誰かを愛する資格などないのだと思った。

小さなテリアだった。今でも裕生はふとその犬の気配を身近に感じることがある。魂が漂っていると感じることがある。そんなときは言葉をなくし、情けない表情でうなだれて、そっと彼を抱き締めた。

愛するのなら身を賭《と》して愛さなければならない。そうでないなら愛するふりなどすべきでない。

「何か千田さんってわたしの友達にいないタイプ。不思議」

「僕の周りは皆こうだから。みんな、僕ね、僕ね、って。それが自然だと思ってるみたい」

「千田さんも思ってる?」

「……正直に言うと最近少し違和感を感じてる。なんて言うか、透明じゃないような」

穏香はくすりと笑う。

「やっぱり千田さんの言うことはよくわからない。同じクラスにいたときも、何考えてるのかわからない人だなって思ってたけど」

「何も考えてない、何考えてるのって聞かれるとき。頭からっぽでボッとしてるから、ときどき考え深い人のように誤解されるけど」

「ほんとかな……」

「ほんと。覗いたっていいよ。僕は、ぐちゃぐちゃ考えるよりも寧ろ白痴《はくち》になれたらいいと思ってる。いつもその練習してるから、きっとそのうちなれると思う」

「よく言うワ。中間考査の成績張り出されてたの見たもん」

「大丈夫。微分積分ちんぷんかんぷんだから」

「微積、わかんないの?」

「わかるの?」

「うーん、一応理系だから」

「理系の女の子の方がよっぽど変わってると思うな。だいたい微分なんて名前のわりに全然ロマンチックじゃないと思う。そもそもああいうセコい考え方にはついていけない」

キャハハと彼女が笑う。蒸し始めている空気が一瞬涼しげに冴えかえる。そんなきらきらした笑い声は千回「生きよ」と言われるよりもずっと説得力を持って裕生の心に響く。

ふたりは線路の上の高架橋にさしかかる。陽は長くなりつつあり日暮れにはまだ早い。逆光の中で笑った穏香が手すりに寄って町を見渡す。ゴトンゴトンと鈍い音を立てて電車が足の下を通り過ぎる。

このまま時が止まればいいのに。穏香の細いうなじと髪の陰からのぞく白い顎を見ながら、急に切なくなって裕生は思う。何が哀しいわけではないのに目の縁が熱を帯びて裕生はとまどい下を向く。

一生のお願いを聞いてくれる神様がほんとうにいるのなら、この風景の中に僕たちふたりをとどめておいてほしい。ゴトンゴトンという電車の音とともに……。

◆僕はかぐや姫

ふと顔を上げると、穏香は手すりから身を乗り出して遠くの山に今ともった赤い光を指さしていた。飛び立ってしまいそうだと裕生は思った。自分にはないまっすぐな髪、自分にはない細い顎、自分にはないしなやかなバネ、自分にはない清冽《せいれつ》さ……それをほんのちょっと壊すのも恐ろしくて、裕生は身じろぎひとつできない。

あなたを永遠に残すためになら僕の存在などいくら切り刻んでくれてもかまわない……そんなふうに思っていることを決して穏香は理解しないだろう。

「どうして、こっちに来ないの？」

裕生が答えないのに気がついて、ふいに彼女は振り返る。彼女の頭がめぐらされる動作を、裕生はまるでコマ撮りフィルムを眺めるように一瞬一瞬に分割して記憶の中に焼きつける。ひとコマ送られるたびに彼女の顔が徐々に現れ、正面を向いたところで静止する。

ようやく自分が問いかけられているのだと裕生は気がつく。どうかしている。穏香の不審そうな顔はもうずっとこちらを見たままだ。

なぜだろう、裕生は咄嗟《とっさ》に答えていた。

「飛び降りたくなっちゃうからね」

原田なら「勝手にどうぞ」と冷たく言い放ち、尚子ならフンと鼻で笑うだろう。けれど、穏香は原田でも尚子でもない。ほんのわずかに顔を翳《かげ》らせ、ほんのわずかに言葉を失う。

「そんなこと……」

裕生は慌ててうつむき首を振っていた。忘れてくれ、とでも言うように。そして精一杯の微笑みをたたえながら顔を上げる。

去年までの裕生は、暗い微笑をたたえて憂鬱を語るのが好きだった。今思えばいやらしい性格だった。でもそんな浅ましいことは二度とすまいと誓ったのだ。多分、尚子と夢の前に立ちすくんだあのときに。

すると裕生にはもう何も残らなかった。思い出さえ苦々しい枯れた老婆のようだ。

今の裕生はこの愛すべき少女に自分を語ろうという気がしない。語るに値する自分などいないのだし、くだらない想念で彼女を汚したくない。恋愛の勝者になりたいとも思わない。彼女の心の中に己の姿を楔《くさび》のように打ち込みたいと――なぜ僕はもう思わないのだろう。


ぎくしゃくと彼女の傍《そば》に寄り、手すりから線路を見おろした。自分が決して飛び降りないことを裕生は知っていた。何度、学校の屋上に昇ってみたことだろう。何度、剃刀《かみそり》を手首に当ててみたことだろう。

彼女たちは絶望して飛び降りたりはしない。絶望するほどに希望を抱いたことなど一度もなかった。寧ろ、飛び降りることの恐怖が生きることの恐怖を圧倒してしまうことに絶望し引き裂かれて悶《もだ》える。原田も尚子も知っていた。自分たちは死ぬには何かが、あるいは何もかもが足りないと。

線路を見おろすと一瞬立ちくらみがする。目眩《めまい》の季節がやってきていた。

「ああ、涼しい」

スーパーに足を踏み入れるなり穏香は叫び、裕生がまだ着込んでいる冬服のブレザーを見た。

「暑くないの？」

穏香はすでに白い夏服に衣替えしている。裕生や佳奈や尚子は、毎年、我慢大会のようにほんとうに耐え難くなるまで上着を脱がないし、どんなに暑くてもベストは脱がない。そして秋風の気配を感じるやいなや誰よりも先に上着をはおる。理屈らしい理屈はない。ただ身体を露出したり白で覆うようなことが、なんとなく気恥ずかしいのだ。

ほんとうにその振舞いとは裏腹に恥じらいだけは呆れるほど持っていて、隠すものを間違えていたのかもしれない。

裕生は珈琲豆を買って店に備えつけのミルで挽《ひ》いた。けたたましい音がする。

「千田さん、珈琲好きね。一日にどれくらい飲むの？」

袋がミルからはずれないように注意しながら裕生は答える。

「目覚めに一杯、学校で一、二杯、サ店で一杯、家で一、二杯……」

「そんなに？　そんなに飲んだら眠れなくなるでしょ？」

「大丈夫。僕、眠ることには貪欲《どんよく》だから」

「夜、受験勉強してる？」

「まだ、あんまり。夏休みの補習あたりから本腰入れようと……」

「余裕だね」

「あんまり早くやっても忘れちゃうから二度手間じゃないかなあ。記憶力悪いの、僕」

袋の底をトントンと叩《たた》いて封をする。

「わたしも今度お母さんにそう言ってみよう」

ふたりはくすくすと笑い合った。珈琲の馥郁《ふくいく》たる香がくすくす笑うふたりをすっぽり包み込んだ。

別れ際になって穏香は、裕生が肝心の歯ブラシを買い忘れたことに気づいてまた笑った。裕生も笑った。無性におかしかった。箸《はし》がころげてもおかしい年頃とはよく言ったものだ。でも箸がころげるたびに泣いたり笑ったりするのはとても疲れると、裕生は思った。

翌朝、裕生は通学路の人波から抜け出ると、前日の轍《てつ》を踏まぬよう、ためらわず喫茶店の扉を押した。カランコロンと音がする。モーニングセットを注文して椅子にもたれ、目を閉じる。またカランコロンと音がして顔を上げると藤井《ふじい》彰《あきら》が立っていた。

「ここ、いい?」

「どうぞ。どうしたの?」

「千田さんの背中を見ながらずっと歩いてた。そしたらここへ入ったから」

「学校、行かなくていいの?」

「かまわない。この間、ありがとう」

何の事だろうと裕生は問い返す。間違ってもお礼を言われるような筋合いではない。

「駅で会ったとき、おはようって言ってくれたろ？」

「朝だったから」

「ハハ、俺、てっきり無視されると思ってた。だから嬉しかった」

「どうして？」

「だって、要するにフラれたわけだからさ」

彼は少しばかり顔を歪めて笑った。

「嫌いになったわけじゃないもん」

「他に好きな人ができた？」

「……違うよ……」

否定したつもりがそうは聞こえない。

「やっぱり……どこの奴？」

とても無理をして明るく振舞っている相手のそぶりに、裕生は少し胸が痛む。

「……うちの学校」

「えっ、先生?」

「やだなあ」

裕生はけたけたと笑う。

「じゃあ、女の子?」

「変?」

彼は腑に落ちない顔をして、そういうのはよくわからない、女の方がいいのかと聞く。

「あのね、男とか女とかじゃないと思うのよね。好きになる人をさ、性別で最初から二分の一に限定しちゃうのって失礼だと思う」

「?」

「つまりね、地球上に四十億人の人間がいるとするじゃない?　恋人は四十億人の中から選ばれるの。たまたま男の子に生まれたり女の子に生まれたからってことで、一次試験をパスして二十億分の一の確率にはならないの。その方が愛情に価値があるでしょ」

「千田さんの言うことってわかんないよ。難しくて」

　別にわかろうという気もないらしく、彼はスポーツバッグをごそごそとさぐり、底の方から薄い包みを出して裕生の方へよこした。包装紙の角が潰れていて、ずいぶん前からそこに入れっぱなしだったことがわかる。

「なあに?」

「もうすぐ誕生日だろ。俺、ずっと考えてたんだ、何をプレゼントしようかって。そしたらいきなり『やっぱり合わないみたいだから別れよう』だもんな。ショックだったよな」

　そう言ってカクンと頭を落とす。

「ごめん……」

「いいんだ、もう。でも、決めてたからさ、どうしようかなって思ってたけど、この間挨拶してくれたときすごく嬉しくてやっぱり買おうって思って。ちょっと恥ずかしかった」

「何？」

「絵本だよ。かぐや姫が好きだっていつか言ってたろ」

「覚えてたんだ……」

「あのとき、可愛かったもんな、うん。いや、ハハ、まだ早いけど、とにかくおめでとう」

「うん」

「全然嬉しそうじゃないんだな」

「うん……プレゼントは嬉しいけど……だって十八歳だよ。嬉しくないよ」

ゆで卵に塩を振りながら、なんで？　と彼は聞く。

「だって……ああ、何もかもおしまいだなあって思うじゃない」

「そういうもん？　俺なんか、まだ何も始まってないって気がするけど」

一口で卵をパクリと食べた相手を裕生は少し驚きながら見つめた。三回くらい嚙《か》んで彼はそれを飲みくだしてしまう。

「俺さ……」

彼は口ごもって少し赤くなった。

「えっ？」

「俺……偉そうなこと言ってたけど、まだなんだぜ」

「何が？」

「……俺さ、千田さんと経験して、これで男になって何もかも始まるんだって
……そう思ってたんだぜ。本気だったからさ」

そう言って彼はアイスコーヒーをがぶりと飲む。裕生はびっくりした。

「藤井君見てるとわからなくなる……」

「え？」

「違うんだもん……なんか思い描いてた男の子と」

「どういうの、思い描いてたわけ？」

「……何て言うか、木の枝みたいな脚でサッカーボール蹴ってるの。それでね、
身体が軽いから風みたいにびゅんびゅんグラウンドを走るの……」

「何それ。そりゃ、俺だってサッカー部だけど、これでも千田さんより体重あるし、胸だって厚いんだぜ。知ってるだろ」

「うん、そうだね」

今度は裕生の方が赤くなった。

ふたりでカランコロンとベルを鳴らして外に出て、分かれ道まで並んで歩いた。すでに高校生の大群は消えている。

「買う前にその本読んだんだけど」

と、彼は言った。

「かぐや姫って結局、男のものになんないのな」


じゃあ、と彼が去ってから裕生はそこにしばらく立ち尽くしていた。なるほど、自分が恐れているのはそのことかもしれない。〈僕〉が忌避《きひ》しているのはそのことかもしれない。その具体性はいたく彼女の自尊心を傷つけた。

合宿所は校内の記念会館で、合宿と言ってもどこかに出かけるというわけではない。記念会館は裏門の近くにあり、一階には調理場と浴室、和室の小部屋、二階は大広間がひとつと小部屋がひとつ、そして数十組の布団類があった。

学校は五時に表門が閉り、六時半に昇降口と裏門も閉り、それ以降になると脱出することが面倒になる。もちろん用務員の見回りもあるので遅くまで校内で作業することはできない。裕生たちは仕事をため込んでしまうと、ときおり、土、日にかけて合宿をした。

集合時刻は二時と決めてあった。裕生と原田は部室で昼食をとることにした。

「尚クン、出るって?」

珈琲を淹れながら原田が聞き、窓から外に顔を向けたまま裕生は答える。

「用事があるから夕食の終わった頃来るって」

「我《わ》が儘《まま》あ」

背後でカップをふたつ机にのせる音がした。

「はいったよ」

「Thanks」

窓の真下が昇降口だった。三々五々散っていく生徒たちの背中が見える。雨の予感をはらんだ心地よい風が頬をなで、肩についてはいけないと言われているので短く切りそろえた髪がさわさわと揺れる。閉じそうになる瞼を開くと、ひとつの背中が振り返り裕生のいる窓を見上げる。裕生は小さく手を振った。

「あれかあ」

原田がカーテンのこちら側に立って裕生と穏香をかわるがわる見比べる。

「まあね」

「やめてよね、そういう世界で一番幸せですみたいな顔してニヤけるの」

穏香が視界から消えたのを確かめると裕生は身体の向きを変える。

「今の幸せは今噛みしめなくちゃね。明日もあるとは限らないんだからさ」

「その快楽主義が身を滅ぼすよ」

「いいよ、滅んだって。最後に笑った者が勝ちだなんて思ってないもん」

それは当然、あくせく受験勉強に励んでいる原田への皮肉でもあったので、彼女は苦い顔をして話題を変えると、年に一度発行する部誌の話を始めた。学生相手の商店から広告をとって制作費の足しにするのだが、昨年は十件しかとれなかった。

「お隣のくだらない雑誌が三十五件もとれるなら、うちだってもう少しとれるよね」

お隣というのは藤井彰も通っている男子高の文学部のことだ。はたからはほとんど裕生たちの学校と姉妹校のように見られているが内実はさして仲がよくない。はっきり言えば裕生たちはお隣の文学部が大嫌いだった。

ふたりは同時に去年の不愉快な出来事を思い出して顔を見合わせる。合評会のために彼らの学校へ足を踏み入れたときのことだ。だいたい門をくぐったあたりから裕生は不機嫌になった。実に汚い学校だった。

迎えた文学部員たちを見てさらに不機嫌になった。そこには中年男のように小《こ》肥《ぶと》りな男の子やにきびで作った顔に脂《あぶら》を塗ったような男の子はいたが、へうつむく青年〉や〈憂鬱な美青年〉はひとりとしていはしなかった。

このおぞましい生物たちがネチネチと暗い部屋でモノを書いているのかと思うと吐き気をもよおしそうだった。裕生が彰とつき合う気になったひとつの理由は、彼が文学にはまったく関心がなかったということだ。

それでも中にひとりだけ色白の彫りの深いハンサムの部類に属する三年生がいた。彼が部長なのだと言う。自分に好意を持たぬ女学生など想像したこともないのか、そのやたら自信に満ちた態度に裕生は反感を覚えていた。

自己紹介ということになって裕生たちが次々に「僕は」口調で話し始めると、彼らはあんぐり口を開けて、やがて憐《あわ》れむように口を閉ざした。

彼らの作品というのは、やたらご都合主義に美少女が目の前に現れて一緒にベッド・インするとか、犬の交尾がどうしたとか、ゴキブリの死骸にはエロティシズムを感じるとか、とにかく即物的で品がない。その圧倒的生命力の前には女子高生の繊細な感性や観念的美意識などは紙切れのごとく吹き飛ばされた。

彼らの小説の中に出てくる少女は決して裕生たちのように自意識過剰の理屈屋

ではなかったし、裕生たちの作品に出てくる少年たちは決して彼らのように醜くはなかった。

結局「こういうのはわかりません」といったような言葉ばかりが虚ろにやりとりされるのをハンサムな部長と裕生たちの先輩が取り繕って合評が終り、ハンサムな部長はこう言い出した。

「思うところあって、先日ちょっと源氏物語を通読してみたのですが……」

嫌みな奴だと裕生は思った。彼が女の子たちに〈源氏〉に登場する女性では誰に共感を覚えるかと尋ねると、裕生はさらにさらに不機嫌になった。意図は見え透いていた。つまりそれは心理テストのようなものだと裕生は察した。そのデータと容姿をもとに、後で雨夜の品定めとしゃれ込むつもりなのだろう。

案の定、誰かが花散里《はなちるさと》だと言うと、優しいんだな、などと言い始めてにわかに品評会の様相を呈してきた。尚子が朧月夜《おぼろづきよ》だと言ったのは賢明だった。彼女はこの頃色気のようなものを身に纏《まと》っていたし、彼女が見下すようにそう言うと男の子たちは一瞬息を飲んで黙り込んだ。

「ねえ、あのときさ、裕生、なんて答えた?」

原田は裕生が一番聞かれたくないことを聞く。裕生はそのとき、思いきりふてくされて若紫《わかむらさき》だと答えた。どうして? とにやけた部長が聞いた。

「別に。紫色が好きなだけです」

けれども、裕生は知っていた。この安易な心理分析では、若紫は男の色に染められる従順な女性を意味する。彼らの微笑が、裕生には嘲笑にしか見えなかった。帰る道すがら裕生はほんとうに果てもなく不機嫌だった。

実を言えば、裕生はそのときまだ〈源氏〉を通読してはいなかった。授業で使う抄略《しょうりやく》版を読んだことがあるだけだった。それに何はともあれ彼らは〈文学部〉であって〈文芸部〉ではなかった。好き嫌いよりは理論で話したがった。彼らの描写にはタブーというものがなく恥知らずに大胆だった。そういった何やかやが裕生にはたまらなく悔しかった。

「僕、思うんだけど」

言うだろうな、言うだろうなと思っていると、案の定原田は言った。

「裕生の白痴願望って、やっぱり若紫願望だよね。可愛い女願望。シンデレラ・コンプレックス。いらぬ知恵を身につけると三歩下がれないもんね」

そして嬉しそうに剝《は》いだサンドウィッチの袋をくしゃくしゃと丸める。

裕生は、斜《はす》に原田を睨んでからふいと顔をそむけた。そむけた頭の中で、わけのわからない自尊心と狡猾《こうかつ》さと自棄とがないまぜになって踊り狂っていた。

◆僕の髪は乾いた草のようになびいた

「先に学園祭の打ち合せをします。その後は係に分かれて食事の支度と寝床の用意。食事の後、後片付けが済んだら批評会に入ります。これには先生も出席されます。あとは自由時間、順にお風呂に入って就寝。飲酒、喫煙はご法度。以上、よろしく」

「先生のビールを間違って飲んじゃったらどうしますか?」

神田あけみの一年生とは思えない発言に一同が「おおっ」となる。

「万一間違った場合は責任をもって空缶ないし空き瓶を処理すること。あけみ、ビール党？」

「はい。僕んち酒屋だから先生用に数本調達してきたんですけどお、多すぎたかなあなんて」

再び一同がうなった。裕生はテーブルをパンパンと叩く。一階の小部屋に座卓を囲んで十二人が坐っている。

「さてと、学園祭の日程から考えて、実質的な準備は夏休み中にしなければならないのはわかってると思うけど、まず、部誌制作のスケジュールから。タイプ印刷だから原稿は夏休み前に印刷所に入れることになります。従って、レイアウトの都合も考えるとギリギリ待って七月二十日締切厳守。わかったか、弥生」

「はーい」

「校正が夏休み中に出るから、そのときはできる限り学校に来てしっかりチェックすること。去年のはちょっと誤植が多すぎたからね」

「〈イリュージョン〉が〈イソコージョン〉になったのはまいったワ」

と原田が言葉を添えると、やれ自分のは〈完璧〉が〈岸壁〉になったの〈楊貴《ようき》妃《ひ》〉が〈陽気妃〉になったのと二、三年生が口々に言い始めて収拾がつかなくなる。校正が一度しかできないので毎年誤植はかなり多い。

裕生は、また机をパンパンと叩く。元来、こういう役は苦手だった。みんな好き勝手にやればいいというのが裕生の信条だから、下級生をまとめたり抑えたりするのは肌に合わない。原田の方がずっとうまくこなすだろう。そう思いながらも全体の頁数を見積るために各部員の書こうとしている内容とおおよその枚数を聞き取っていく。

「やっぱり去年よりも厚めになりそうだから、制作費を広告代で補塡《ほてん》しないとね。原田とも話してたんだけど、今年は三十件は広告を取ってきてほしい。競合はお隣の文学部とうちの学園祭実行委員かな。要は先手必勝。他とかち合いさえしなければ割と出稿してくれると思います。愛想よく頼むこと。実際に印刷するのは三百部だけど五百部くらいに言っておいた方がいいと思う。領収書と見本誌を必ず持って行くように。広告の版下は本文の校正が出るときまでに受け取ること。

生徒会からの予算は二十万円取れてます。広告代と部誌の実売とで浮かせた分がすなわち君たちの愛すべき珈琲代になるのだから頑張るように」

「えっ、そういうの、バレないんですか?」

一年生のひとりが口を開く。たしかランボーに心酔している子だ。さして太っているようにも見えないのだが、いつも太り過ぎを気にしている。

「君には後ほど二重帳簿のつけ方を伝授しよう。生徒会に立候補するなんて不埒なまねはしないと誓えばね。広告については、そうだな、今村君、取りまとめお願い。みんな広告が取れたら今村君に報告して、版下も渡して下さい。三年生はさすがに忙しいからさ」

今村弥生が大きな目を見開いて「えっ、僕がー」と頓狂な声を上げると、他の二年生が「謹《つつし》んで任務を遂行するように」と諭す。

広告取りの相談がまとまると、学園祭用に準備する研究発表の話に移る。テーマ自体は前回の部会で決定済みだった。案としては、文学作品の中の女性たちについて調べるというオーソドックスなものから、さまざまな作品からピックアップした登場人物をひとつの作品の中で出会わせるという高度なパロディまであがったのだが、結局は有名作家の死に様をレポートするということになった。すでに一、二年生の頭数だけ邦人作家の名はあがっている。誰がどの作家を担当するかは今日決めることになっていた。

「早いもの勝ちだから希望のある人はどうぞ」

遠慮し合ってるのか、えーとか、うーんとか言ってるだけの雰囲気の中で渡辺友子がおずおずと小さな声で言う。

「あのお、太宰やってもいいですか」

「いいですよ、もちろん。おいしいところを取ったね」

すると神田あけみが「芥川《あくたがわ》、やります」と手を上げる。次は三島が売れるだろうと思っていると案の定、〈仮面の告白〉と〈太陽と鉄〉には泣かされましたなどと自己紹介のときに言っていた一年生が名乗りを上げた。ほんとに自殺が好きなんだ、こいつら。裕生はそう思って出かかる溜息をこらえた。

二年生たちは、まるでそうすることはおとなげないとでも言うように、手を上げる一年生を眺めながらぼんやりとペンをもてあそんでいる。彼女たちは名ざしで聞いてやらないと答えないだろう。妙なところで見栄っぱりなのだ。

打ち合せは脱線が多かったが、それでも五時ちょっと前に終り、夕飯の支度が始まった。

食事が終っても批評会が終っても尚子はやってこなかった。第一、とっくに校門は閉まり、外では雨が降り出していた。

先生がほどほどにして休みなさいと言いながら気を利かせて二階の小部屋にひきこもると、にわかに部員たちは活気づき夜通し遊ぶつもりでお菓子や飲物を用意した。神田あけみは「あっ、間違っちゃった」と言いながら缶ビールのプルリングを引き、渡辺友子が得意のタロット占いを始め、原田と今村弥生は膝を突きあわせてポール・マッカートニー礼讃に熱くなる。

尚子の不在が先生にばれなかったことに安堵《あんど》しながら、裕生は原田たちの話がいつしかビートルズ・ヒット・メドレーに変わったのに耳を傾けていた。原田の歌は上手だが〈Michelle〉のフランス語の部分には発音上の欠陥があるなと気づいたとき、尚子はやってきた。警官を連れて。

夜中の十二時過ぎだった。先に寝ると言って部屋を出た一年生がまた襖《ふすま》を開けて、誰か来たみたいですと言うので、合唱になりかけていた歌をやめさせて裕生が扉を開けた。近所からの苦情かもしれないと思ったのだ。

警官ふたりの後ろで尚子は小さく舌を出していたが、補導員と制服警官を敬遠するのが習い性になっている裕生は思わず身構えていた。雨合羽の陰に見え隠れする警棒や拳銃から目が離れない。今朝《けさ》一時間目をさぼって喫茶店にいた、悪事とは言えない悪事を咄嗟に思い出したりしておびえた。だが、警官の口調は予想を裏切って物柔らかだった。

「いやね、見回りをしていたらこのお嬢さんが学校の塀を乗り越えようとしてるんで声をかけたんですよ。そしたらここで合宿中だと言うので、一応確認にね」

「たしかにうちの部員です。ご迷惑をおかけしました」

帰ってくれればいいと思いながら深々とお辞儀をしたが、もちろんそうはいかない。

「先生はいらっしゃいますか？」

「もう休まれましたが……」

できれば先生には知らせたくないと裕生は思った。知られては都合が悪いというよりも、気の毒だという気持ちの方が強かった。文芸部の顧問教師は、彼女らの自主性を重んじてか日頃の活動にも口は出さず、今日も彼女らが少しハメをはずすのを承知の上で見逃してくれた。それが警察沙汰になってしまっては裏切り行為もいいところだ。

「うん、場合によっては学校には連絡しないでおいても構わないんだが、だとしても顧問の先生にはお話しておかないとね。なにしろこの時間に塀を乗り越えるなんて尋常じゃないからね」

いずれにしても門は用務員が開けたのだろうから、なかったことにはできそうもない。裕生は、ビール缶を始末するようあけみに目配せすると、渋々先生を起こして事情を告げた。先生は少し暗い顔をして「そうか」と言い、何やら警官と話し合ってぺこぺこ頭を下げて帰してから、尚子と二階の小部屋に籠った。しばらくして出てきた尚子は不敵な笑いとともにさっさと布団に潜り込んでしまう。

部員たちはしばらく、滅入りながらああでもないこうでもないと埒のないことを言い合った。何より実物の警官にアドレナリンの分泌を促されて、興奮が冷めなかった。

原田はカンカンで「だからクギを刺しとけって言ったのに」と裕生を責め、今村弥生は二年生なので口調は抑えながらも尚子への怒りを隠せず、ふたりとも心地よさそうに〈Let it be〉を歌っていた気分からは大分遠ざかってしまった。あけみはもう少し他人事ととらえているのか呆れた顔をしており、他の一年生は心配そうに唇を噛んでいる。

「起きたことをあれこれ言っても仕方ないよ」

無力感にとらわれて裕生はやっとそれだけを呟いた。部長という肩書が警官に鼻であしらわれたような、そんな無力感だった。立場上怒ってみせなければいけないのだろうなと思いつつ、尚子に対する怒りは生まれてこなかった。

珍しく眠れない夜を裕生は過ごした。闇の中に目を開いて、自分のふがいなさを責め続けた。何をしたわけでもないのに、自分を責める事柄はいくらでも見つかった。

夕方から降り始めて強くなったり弱くなったりしている雨が、窓の外でまたさあさあと音を立て始めた。こんな雨の中に塀を乗り越えたのなら、尚子のスカートはさぞかし濡れただろうと裕生は思った。ちゃんと布団の下に敷いて寝押ししただろうか。

湿ったスカートの匂いを実際に嗅いだような気がした。濡れて重くなった布地から漂うそれは妙に懐かしく感じられた。

尚子がどこで何をし、なぜ夜中に塀をよじ登ってここへ来ようとしたのか、そのことには不思議なほど関心がなかった。想像はできるがイメージは湧かない。理解することなどなおさらできない。そういう場所を尚子は選んだはずだった。どうでもいいことだ。

魂を裸で持っているひとはいないのだ、と裕生は思った。かつて裕生も尚子もそれをちっぽけな硝子のかけらみたいな感傷に封じ込めていた。そしてそれを剣のように振りかざしたり、そのまぶしさに目をやられたり、掌にじっと握りしめたりしていた。何の役に立たなくても、握りしめた掌をかえって引き裂いたとしても彼女らには大切なものだった。なくすのが、壊すのが、汚すのが怖かった。かけらを損なう恐れのあるものはたくさんあった。女になること、おとなになること、さまざまな知恵をつけること、何かに馴染むこと。〈僕〉が防波堤だった。

けれど、ふたつながら並べてみたそれが、硝子どころか蛙の卵のようにふやふやして醜いと気づいてから、尚子は〈僕〉を捨て、安っぽい感傷を捨てて魂をビロードの袋に詰め替えた。その色は黒く、手触りは淫靡《いんび》だ。もう中身は見えない。振子を大きく漕ぐようにして世の中の裏側へ回り込もうとする尚子を愚かだと裕生は思わない。不潔だとも思わない。愚かさ不潔さとは本質的にそういうものではない。だがそれは自分の場所ではない、裕生はそう思う。

針葉樹林を頭に思い描いてみる。樹々は凜と天を仰ぎ、夏には木漏れ日がこぼれ、冬には冷たい風が吹きすさぶ。そこで何者でもなくただひたすらたたずんでいたかった。泣いたり笑ったりしない水晶のような魂を持って。

雨の音がする。窓の隙間《すきま》から雨の匂いが漂ってくる。裕生は目を見開いている。夜明け前、まだ暗いひんやりした空気の中に懐かしい水の匂いがする。

〈僕〉という防波堤が崩れていた。決壊したところから水が溢れてくる。裕生は黙ってその光景を眺めていた。水流は激しそうなのに、無声映画のように音は聞こえない。やがて、音のない濁流に呑まれて堤はあとかたもなく消え、その内も外も同じ高さの水面がしんと静まり、視界に広がった。

裕生は当り前のように〈わたし〉と小さく呟いてみる。〈あたし〉にならないように唇を触れ合わせて〈わたし〉と。それはなんだか透明に思えた。〈僕〉よりはずっと澄んだ、硬質な響きに思えた。毅然として見えた。

少し哀しかった。何がだろう。まだ何も失ってはいなかった。夜明け前にひとり目覚め、さざなみひとつない水面を眺めながら裕生の心は静かだった。この静けさがほしかったのだと彼女は思った。けれども哀しかった。

水面《みなも》の向こうに少年の人影が浮かび上がった。枝のような細い手脚をした〈僕〉が膝を抱え、水面へ向けていた顔をゆっくり上げると、ひんやりした目つきで裕生を眺めた。裕生は手に入れたばかりの静けさを失う気にはなれず、身じろぎもせずに頼りないまなざしだけを彼に投げた。後ろめたさが背を這《は》った。

やがて〈僕〉はゆらりと立ち上がり、蔑むような冷たい一瞥《いちべつ》を裕生に投げて身を翻す。乾いた草のような髪がなびいた。

そのときになって初めて、裕生は〈僕〉が他ならぬ彼女自身の一部だったと気がついた。逃避の方便に借りた仮面などではない。間に合わせに築いた堤などではない。たった今まで胸のここにあった自分の存在の一部だと。

すると、肉を削がれたような痛みが肋骨《ろっこつ》の裏を走り、血の気がひいた。彼女はよろよろと立ち上がった。彼を追いかけようと足を踏み出した。失ってはいけない。それが何であれ失ってはいけない。冷たい水が足に触れる。裕生は途方にくれた。泳げないことを思い出したからだ。この水面を泳ぎきることができないからだ。

哀しかった。この期に及んで溺《おぼ》れるのを恐れる自分に驚き、わなわなと膝が震える。そうまでして生きたいのかと浅ましさを憎悪した。どんなに深く愛していたか、いつも失うまで気づかない自分の愚かさが情けなくて涙が出た。あれこれ疑わず、ただ〈僕〉を信じていればよかったのだ。慰めてやればよかった。つまらない自尊心など捨てて白痴になればよかった。

死んだテリアが頭をよぎる。いつも決ってひとりで自分の部屋にいるときに、霧のように漂ってくる死んだ犬の気配のことを考えた。この失われた〈僕〉もまたそうやって漂うのだろうか。そうやって自分を苦い後悔に引き込むのだろうか。そのたびに言葉をなくす自分が目に見える気がする。うなだれて彼を抱き締める情けない顔が見える気がする。

しばらくそんなふうに喪失感を噛みしめた後で、けれども、と裕生は思った。けれどもあの少年の顔を初めて見た。ぽきりと折れそうな四肢に敏捷《びんしょう》なバネをひそませていた。口元には傲慢さを、鼻梁《びりょう》には凜々しさを、そして瞳には寂寥《せきりょう》を漂わせていた。足の指の間までを見た気がした。自分が愛していたものの正体を知った。よし、と裕生は思った。愛するにふさわしい少年だった、今はもういないにしても。哀しさの奥の方でひそやかな満足感がゆっくり流れているのに気がついた。

彼はもう、日々うっとうしくなる千田裕生の肉体や精神から逃げ出したのだ。いかにもそこは彼には狭すぎたし、ややこしすぎた。不快ならばさっさと見限る未練のなさや残る者のことなど考えもせずに身を翻す冷淡さは紛れもなく自分の性向だ。それでこそ僕だ、そう思うと苦笑が漏れた。好きなようにすればいい、行きたいところへ行けばいい。そして時折ここへ顔を見せてくれればいい、死んだテリアがそうするように。そのときはもう、あんな生意気な顔はさせない。

裕生は手に入れたばかりの〈わたし〉を振り返る。男でもなければ女でもない、子供でもなければおとなでもない。そんな場所が今この刹那は許されているような気がした。この〈わたし〉は強い。ゼロではあってもマイナスではない。今はこれを虚ろになった胸の空洞にはめ込んでおけば、とりあえず泣くことはない。それもまた、いつか生命とあるいは人生と引き換えにうかうかと手放してしまうのだとしても、今この刹那は。

窓の外が白んできた。雨にけぶる表を裕生は見やる。〈僕〉はまだそのへんの紫陽花の陰にいるような気がした。

至高聖所《アバトーン》

たとえばある町がひとつの巨大企業によって作られてしまうように、ひとつの大学によって作られた町もある。走るものといえばトラクターと軽四輪しかない農村に、あるとき突然片側三車線の道路が敷かれ、近代的な建物がぽつんと出現する。ゴルフ場やレジャーランドならともかく、国の未来を担う教育や研究機関が造られるのなら文句を言う筋合いではない。農家の人々は田畑を削り、今に若者が大挙してやってきてこの村も活気づくだろうと笑いながら、残された土地を耕して待っている。

やがて学生たちがやってくる。まだまだ幼いはずのわが子をいきなりあの派手で危険な東京にひとりではやりたくない親たちは、素朴な土地のイメージと先進的な施設に惹《ひ》かれ喜んで息子や娘をこの町に送り出す。学生が来れば彼らの生活に必要な店ができる。建築家たちは面白がって奇嬌《ききょう》な建物を勝手気儘《きまま》に建てていく。何年か前にこの町もそうやってできた。

　こういった町では行政区分というものはあまり意味を持たない。できあがったのは町でもなく村でもなくひとつのコロニーだった。ここには一定の年齢層の人間しか住んでいない。学生と老人。人生の中心となる時期を生きているひとは誰もいない。強いて言えば教員、事務員といった人々がいるにはいた。だが彼らは俗世を逃れてここへやってきた隠士《し》のようにひっそりと暮らしていて、生々しい臭いを放つことは決してなかった。

　老人たちは学内の清掃、管理のために地元から雇われた人々で、無視するには数の上で多すぎたし常に集団で存在していた。第一その真面目《まじめ》な仕事ぶりのおかげで学内は常に清潔だったから、ゴミの不在すら彼らの存在証明だ。しかし学生と老人たちは共棲《きょうせい》しているわけではない。棲《す》み分けている。同じ空間にいてもやはり棲み分けている。

　老人たちはいつも学生たちには聞き取りにくい言語でたがいにぼそぼそと語り合っていた。ときおり何かの加減で怒鳴っている老人もいる。その言葉は学生たちの言語とは決して嚙《か》み合わず触れ合うことなくすれ違う。何か大きな音がしたといった反応しか学生は示さない。むしろ、何かの間違いで赤ん坊の泣き声などがすると、皆ぎょっとして振り返ったものだ。宇宙人に出くわすほうがまだ驚きも少なかった。

どれだけの青年が棲息しているのかは知らないが、新陳代謝の活発な彼らの体臭も汗も、遮《さえぎ》るもののないこの広い空間ではたちどころに乾いた風が吹きさらっていく。無菌室と揶揄《やゆ》されることもしばしばで、しごくもっともな命名だとわたしは思う。

受験のためにここへやってくるまで、わたしにはとりたてて志望校というようなものはなかった。進学しない予定だったので、日本のどこにどういう大学がありそれぞれにどのような特徴があるのか、そういったことに無知だった。そのころのわたしには東京六大学をあげることもできなかったろう。状況が急に変わってにわかに受験生になったとき、志望校は第一希望から第三希望まで偏差値に従って先生が決めてくれた。ここは新構想大学なのだそうだが、古い構想を知らないわたしにはどうでもいいことだった。

けれども、すべてを白紙に返してしまうような真っ白な雪の積もった日、初めてここを訪れたわたしは突然どうしてもここで暮らしたくなった。四年間と言わず一生ここにいてもいいと思った。それほどにわたしを惹きつけた魅力とはいったい何だったのだろう。真っ白な雪の積もった日だった。さらさらと答案用紙の上を滑る鉛筆の音がとてもよく似合うしんとした雪の日だった。

理系の学部だったせいか、受験生は真面目そうな男子ばかりで、F225という教室にはわたし以外に女の子がふたりしかいなかった。数学の試験が終って昼食の時間になったとき、そのふたりがやってきて一緒にお弁当を食べましょうと誘った。苦手な証明問題がいつになくエレガントに解けて気をよくしていたわたしは、かなり愛想のよい返事をしたと思う。北海道から来た色白で細面《ほそおもて》の子と鹿児島から来た眉の濃いふっくらとした子だ。なるほど風土というのはこのように人間の造形に関与するものなのだと思いながらわたしも同じように自己紹介をした。

椅子《いす》を寄せ合ってわたしたちはおのおの昼食の包みを開き、ぎこちない笑みを浮かべながら他愛《たあい》ない話をした。とりあえずこの場だけあたりさわりのない話で時間が過ぎればそれでいい。将来にかける意気込みなどを聞いたあとでその子が落ちれば気まずいだけだ。互いにそんな気持ちだったと思う。互いにそうだったから、そうとわかった時点でわたしたちは急速に打ち解けていった。

鹿児島の子が今朝《けさ》寝坊をして送迎バスの発車を遅らせた話をし、北海道の子はウェットティッシュで手を拭《ふ》きながらホテルの奇妙なフロントマンの物まねをしてみせた。なぜそんなにおかしかったのかわからないが、わたしたちは昼休みの間中発作《ほっさ》のように笑い転げて周囲の男の子たちの顰蹙《ひんしゅく》をかった。

わたしたちの緊張が解けても、外では雪がまだちらついていた。曇った窓を手でこすると指がぐっしょり濡れて水が手首まで滴《したた》る。小さく拭《ぬぐ》った穴の向こうに象牙色の建物が見える。そこでも曇った窓硝子《ガラス》の向こうに、多分受ける学部が違うのだろうが、似たような光景があるのだろう。

向いの棟との間には何があるのか何もないのか、雪が一面に積もっていて見えなかった。足跡で荒されていないところを見ると試験が始まってからさらに積もったのだ。銀世界というには足りないその空間にひとりぽつんと立っているひとがあった。毛糸の帽子をかぶり、膝ぐらいまである白いセーターをだぶっと着ている。おそろしく細身のジーンズを穿《は》いた性別の知れない人影はじっと動かなかった。淋《さび》しそうだ、とわたしは思った。

「沙月《さつき》さん」

二カ月後、入学式が終って講堂の前に立っていたわたしは、ぽんぽんと肩を叩《たた》かれて振り返った。北海道から来た千《ち》秋《あき》と鹿児島の葉子《ようこ》が並んで立っていた。母には引越しの手伝いだけで帰ってもらったし同じ高校から来た知合いもなかったので、彼女らを見たとたんわたしはほっと気持ちがなごんだ。

すかさずふたりの後ろから葉子の母なるひとが現れて、世間知らずの娘をよろしく頼むと頭を下げた。千秋とその後ろにいた彼女の両親にも似たような挨拶を繰り返す。千秋の両親がまた馬鹿丁寧に挨拶を返すのを見て当惑しているわたしに葉子がそっと耳打ちした。

「ちょっと待ってて。いま追い返すからね」

「でもせっかくいらしたのに……」

「いいのよ！　もう三日もいるんだから」

愛想笑いしながら家族をバス停へ送るふたりにわたしもなんとなくついていく。

「えらか学校じゃなあ、バスに乗らんと一周でけんですもん」

「本当に立派ですね、お互い合格できてよかったですねえ」

「なーん、うちのはまぐれでっしょ」

「でもたったひとりのお子さんなら手放すのはお淋しいでしょう」

というような会話が、駅行きのバスがやってくるまで延々と続き、ときどき思い出したように話しかけられたときだけわたしはにっこりしてもっともらしく抱負などを語った。

　ようやくバスが来て喧騒《けんそう》とともに親たちを連れ去っても、わたしたちはしばらくぼおっとそこに立って笑っていた。受験勉強からか、家族からか、世間からか、何からかはわからないが解放された実感だけが三人の間を螺旋《らせん》状に高まっていき頭上に抜けるまで、ただ見つめ合って笑っていた。

硬質な建物の隙間《すきま》から現れた春風がふわりとわたしたちに覆いかぶさると、翻《ひるがえ》るレースの衿《えり》を押えながらまず千秋が歩き出した。

「もうサークル、決めた?」

講堂の前の広場にはさまざまなサークルが机や幟《のぼり》を並べて新入生の勧誘に躍起になっている。ただあまりに広いので、喚声はどこかまばらな感じがして熱気というものからは遠い。安手のポロシャツに身をくるんだ上級生やおどおどしている新入生よりは、広場を一面に覆った斑岩《はんがん》の石畳の方がずっとたしかな存在感を持っていた。春の陽差しは石畳に含有された金属質の結晶をきらきら光らせ、その反射光のせいで広場の風景はハレーションを起こしたフィルムのように淡く揺らいで消えかけている。わたしたちは慌ててその中に駆け込んでいった。

千秋はワンダーフォーゲルのサークルに入り、葉子は二毛作よと言いながらテニスとスキーのサークルを物色した。テニスもスキーもそれぞれにたくさんのサークルが並存しているようで、彼女はその中からひとつを選ぶことがなかなかできない。明るい雰囲気を選ぶのか都会的なセンスを選ぶのかあるいは恰好《かっこう》いい男性の存在を選ぶのか、方針も決まらず右往左往し、千秋とわたしはすっかり呆《あき》れて池のほとりに腰を下ろした。背後では巨岩の噴水から水が噴き上げている。わたしが捜《さが》しているサークルはそこに机を出してはいなかった。

「何やりたいの？」

千秋はサークル紹介のパンフレットをぱらぱらめくる。

「鉱物研究会」

パンフレットによると、その説明会は別の日に別の場所であるようだった。

「それはまた地味だわね」

「そうでもないよ、この〈老人問題を考える会〉ってのに比べれば」

「かもしれない」

鉱物と言えばたしかに地味に聞こえるかもしれないが、宝石もその一種だと言えば印象もだいぶ変わるだろう。わたしが鉱物に興味を持ったのは育ったのが水晶の産地として知られた場所から近かったせいだと言えば誰もが納得してくれるのかもしれない。

もっとも、わたしは失われた地場産業に興味を抱くほど奇矯な子どもではなかった。もしもきっかけがあるとしたら、それは高校時代に友人が占いに狂ったことだと思う。彼女だけではなかった。多くの生徒が何かしら神秘のとりこになり、タロットやヒランヤやさまざまなお守りグッズが学内を飛び交《か》って、一時学校は異様な雰囲気に包まれた。異様だと感じるわたしはそれに馴染《なじ》むことができなかった。

けれども友人がお守りとして身につけていた青いラピスラズリのペンダントだけは文句なく美しかった。彼女はそれを占い雑誌の通信販売で買い、それを買ったがゆえに成績も上がりボーイフレンドもできたのだと信じ込んでいた。おそらくわたしはまったく逆の理由で、つまり鎖の先に揺れている、今ならば青金石《ラズライト》と呼ぶであろうその石の無意味な美しさゆえに強く心惹かれた。石は持ち主の幸運などにまったく無関心だったし、あらゆる想像力を拒絶しているように見えた。それでいてくっきりとそこにあったのだ。そのとき多分わたしは、友人よりも青い石の方を選んだのだと思う。

強い照り返しの中を諦《あきら》め顔の葉子が戻ってくる。

「もうひと晩考えてからにする。千秋、相談にのってね」

学生寮はふたり部屋で、どういう都合なのかは知らないが学籍番号ではなく受験番号順にあらかじめ振り分けられていた。だから千秋と葉子は同室で、すでに三日もルームメイトをやっている。千秋は仕方ないなあという顔で笑った。

「沙月さんて誰と一緒のお部屋?」

尋ねられたわたしはなんとなく屈《かが》み込んで足元を見た。

「社会学のひとらしいんだけど……」

「学部違うんだ。うまくいきそう?」

うーんとうなってから千秋の顔を見る。

「それがね、いないのよ」

ルームメイトになるひとが社会学部の渡辺真穂《わたなべまほ》という名だということは知っていた。入寮のとき名簿で見たのだ。しかし待てど暮らせどそのひとは現れない。もしかしたら入寮をあるいは入学そのものを辞退したのではないかと思って管理棟に問い合わせたが、そういうわけでもないらしかった。ただ入寮が遅れるらしいこと、いつになるかははっきりしないこと、それだけがようやくわかった。

「ふーん、じゃあ淋しいね」

「って言うより、なんだか不気味」

ふたり部屋をひとりで使えるなら広いし文句はないのだった。けれどもそれはやはりわたしだけの空間ではなく、空間を分かち合う相手が不在なのは落ち着かない。しかもそういった状態がいつまで続くのかもわからない。ひとりで部屋にいると、いまにも見知らぬ誰かが扉を開けて入ってきそうで怖かった。

不安を紛《まぎ》らすために、わたしはそのひとを実体化させようと努力した。どんなひとなのかを一生懸命想像してみるのだ。入寮の遅れる理由としてもっとも自然なのは病気だろう。したがって彼女のイメージは色白で弱々しい。もしかすると美人かもしれない。姉のように？　わたしには非常に美しい姉がいたので、まだ見ぬルームメイトはわたしの中でどんどん姉に近づいていった。もともとあまり旺盛《おうせい》な想像力は持ち合わせていない。しかしこの想像は意外な効果を発揮した。何のことはない、それはここにやってくる前の状況とまったく同じだった。実家でわたしと姉は部屋を共有していたが、姉はここ一年というものその部屋に姿を見せていなかった。

だから、二週間くらい経って突然渡辺真穂が現れたとき、彼女が姉とはまったく似ていないことにわたしはとまどった。全然似ていなかった。色黒で髪も短かった。納得がいったのは病的なくらいに痩《や》せていたことだけだ。

彼女はそのときベッド・メイキングをしていた。わたしは学校から帰ってきたところだった。はじめまして、と彼女は言った。渡辺真穂です、よろしく。鉄のように無表情だった。どうして入寮が遅れたのかとか、この学校には馴染めそうかとか、話題は山ほどあるはずだったのに、とりつくしまもなく彼女は言う。

「わたし、しばらく寝ますけど病気じゃないから心配しないでください。もしも金曜の夜になってもまだ寝ていたら、すみませんが起こしてください」

なごやかに話すという感じではなかったので、わたしはただ黙って頷《うなず》いた。すると彼女は掛けたばかりの布団をめくりその下にそそくさと潜《もぐ》り込む。慌ててわたしは言った。

「あの……でも、今日はまだ火曜……」

「それからずっと寝てるの？」

「そう」

木曜の昼、学内の食堂だ。カレーをスプーンでかき回しているだけのわたしの向いで頬杖《ほおづえ》をついた千秋と葉子が見つめ合う。

「全然起きないの？」

「わからない。わたしが学校に来てるときはどうしてるのかわからない。おトイレくらいはいくのかも……でも、わたしがいるときはずっと寝てる。多分昼間もそうなんだと思う」

「不気味ね」

「そう、いなかったときよりずっと不気味。わたしどうしても不安で、ときどきベッドに近寄って顔の上に手をかざしてみるの。だって生きてるのかなあって思って……」

「うわあ……」

ふたりは両手を組んで、寄りそったまま身を引いた。

「沙月、怖かったらわたしたちの部屋に泊まりにおいでよ」

「そうしたいのは山々なんだけど、でも不安じゃない？　わたしがいないうちに何かあったら」

彼女らはもう一度うわあと言ったがそれは昼休みの終りを告げる鐘のせいだったかもしれない。三人とも昼食はまだ手つかずだった。

帰ってみると彼女はまだ寝ていた。顔を壁の方に向けて昏々《こんこん》と眠っている。寝息さえ聞こえない。わたしは足を忍ばせるようにしてベッドに近づき、しげしげと彼女を見つめた。その日鉱物研究会の顔合せがあって、何気なく話をしているうちに東京出身の先輩が渡辺真穂と同窓だとわかった。彼は彼女にあまりいい印象を持ってはいなかった。

「口が達者でさ、可愛《かわい》げのない奴」

そんな言い方をした。わたしとしては何でもいいから起きて喋《しゃべ》ってほしいなと思い、ときどきわざと物音を立ててみたりもしたけれど、三角定規のように尖《とが》った鼻からも薄い唇からも溜息《ためいき》ひとつ漏れはしなかった。いつものように鼻の先に手をかざしてみてから、諦めてわたしもベッドに入った。

その夜は少し冷えただろうか、夜明け前、トイレに行きたくなって目覚めると彼女のベッドの上にひとの顔が浮かんでいた。

「うわあっ」

咄嗟《とっさ》に目を背《そむ》けてしゃがみ込んだ。

「ねえ」

背後から追い打ちのように声をかけられてキュッと胸がひきつった。現実的な解釈が見つかるまでそうやってずっとすくんでいた。何？　ともう一度声がして、ようやくわたしはおそるおそる振り向いた。

「で……電気、点《つ》けてもいい？」

「お願い。スウィッチがどこかわからなかったの」

明りが灯《とも》ると彼女の首はきちんと胴体につながっていて部屋の中を珍しそうに見回していた。十二畳分はあるL字型のワンルームで、L字の両端《りょうはし》におのおのベッドが据えられている。納得がいったのか彼女はニタリと笑うとベッドから降りてすたすたと目当ての扉に向かった。わたしは自分が目覚めた理由も忘れてただぼんやりと動く彼女を見守っていた。

「シャワー、ついてないのね。シャワー浴びたいな」

「……お風呂は共用棟に行かないと……それに夕方からしか入れないし」

彼女は残念そうにシャワーが浴びたいと繰り返す。

「そこで髪だけ洗ってもいいかな？」

「ええ、でも朝になってからの方が……隣に響くし……」

がっくりと首を落とし、不満そうに口を尖らせる。ふたりの間に奇妙な間が空いた。

「あの……お腹すいてません？」

彼女は考え込むようにお腹に手を当てる。

「……すいてる、すいてる」

「ハムサンドくらいなら作れますけど。ガス台は調理室にいかないとないし」

嬉《うれ》しそうに頷く。眠る前とは別人のように表情豊かだ。少しオーバーなくらいに元気で、眠くてたまらないわたしが彼女のために働くのは理不尽な気がした。

食パンにマーガリンを塗っていると待ちきれないようにわたしの後ろに立つ。

「わたしは渡辺真穂だけど、あなたは？」

「青山《あおやま》沙月」

「五月生まれなんだ」

「九月です」

「それって詐欺《さぎ》みたい！」

わたしは急に疲労を感じてゆっくりと彼女を振り返った。

わたしたちの生まれた年にアポロ十一号が月面着陸に成功したのだそうだ。わたしが母のお腹の中で世に生まれるべきかいなか最後の決断を迫られていた頃のことだ。テレビを観ていた父はいたく感動して、この史実を第二子の名にとることに決めたのだが、彼にとってそれはどう見ても静《しずか》の〈海〉ではなく月の〈沙漠〉だった。男であっても女であっても〈沙月〉。これが発電所に勤める父の感性だ。

その会話はきっと母のお腹の前でされたのだろうから、わたしも同意の上で生まれたことになるのだろう。まんざら嫌いな名でもない。そう話すと、しかし真穂は、あばただらけの月面を娘の名にするとはけしからん親だと笑い飛ばしてわたしを唖然《あぜん》とさせた。

それから彼女は矢継ぎ早に質問を発し、わたしから寮生活に必要な情報のすべてを引き出そうと試みた。お風呂はどこにあるのか、洗濯はどうするのか、買物は、郵便物は、電話は……。情報とともに生気まで吸い取られるようだった。わたしがようやく入寮の遅れたわけを聞けたとき、すでに夜は明けていた。

「母親が死んだのね。それでばたばたしちゃって」

「え……それは」

なんだかいっそう疲れてわたしは口ごもった。

「それは大変でしたね、お力落しのないようにって言うのよ、こういうときは。みんなそう言ってたもん」

彼女はハムサンドをはぐはぐと頬張りながら他人事のように言う。そんなものかなと思いつつどう言っていいのかわからずに黙り込むと、ちゅんちゅんと小鳥の声がどこからともなく聞こえてくる。わたしは自分が眠かったことを思い出して考えるのをやめた。

「わたし、もうひと寝入りしますから」

「また寝るの?」

非難がましい口調だった。自分は六十時間も寝っぱなしだったくせにそれはないんじゃないかとわたしは思った。それから彼女は所在なげに部屋をうろうろと歩き回り、がさがさと衣類の整理を始めたりして結局わたしは全然眠れなくていらいらした。このひととは距離を置いて付き合うべきだ、そう悟った。

その日、わたしたちの学部では施設見学があり、バスで大学を一周したあと隣接するいくつかの研究所を見て回った。学生租界《そかい》の北には延々と科学者たちのコロニーが広がっている。大学を両脇から挟むようにして走る二本の広い道路はそのまままっすぐに北へ延び、その脇に広大な敷地を持つ研究所と雑木林が交互に、いずれもひっそりと並んでいる。道路にも研究所の広い敷地にも人影はほとんどない。たまにあってもそれは薬品やプラズマや無機材を研究しているひとだった。わたしが好きなのはこういう静かな人々だ。

国内でも一級の施設を整えた研究所が傍《かたわ》らにあることを知るのは、特に自然科学を学ぼうとするわたしたちにとって意欲を鼓舞されるできごとだった。入試の日、雪の下に隠れていたものがいま露《あら》わになりつつあった。あのときわたしがどうしてもここで暮らしたいと思ったのは、おそらくこの空間を支配しているピュアで乾いた物質性を嗅《か》ぎつけたからに違いない。

「感激してる割にはあくびが多いじゃない？」

ものものしい陽子加速器について説明を受けていると、いつの間にか千秋が脇に立っている。人垣の向こうに千秋を見失っておたおたしている葉子が見える。

「あの子も一度あの釜《かま》の中に入れてもらうといいのよね。ヨーコ加速器なんちゃって」

「跳ね回る葉子、飛び出すクォーク⁉」

「まあ、あの子の場合、溶けてバターになるのがせいぜいね」

ようやくこちらを見つけた葉子が安堵《あんど》の面持ちで寄ってくる。わたしはまたひとつあくびをし、あくびの理由を彼女らに話すことになった。

「ちょっとした恐怖だったんだ」

「そう、寝てたときよりもっと恐怖。それに、なんか人種が違うって感じなのよね。自信ないなあ」

千秋は面白そうなひとではないかと言い、葉子はお母さんを亡くしたなんてお気の毒と目を潤《うる》ませたのでわたしは肩を落とした。どちらもその場にいないから言えるのだ。真夜中にサンドウィッチを作らされたあげく、親にもらった名前を嘲笑《あざわら》われてみれば考えも変わるだろう。だからわたしの部屋で真穂も加えて四人で食事しようという提案をわたしはすんなり受け入れた。要するにわたしたちは、大学に入ったばかりで心落ち着かない割には暇だったのだ。

スーパーへ買物に行って気づいたことだが、この中で最も料理に見識があるのはなんと葉子だった。千秋はやたら保存料がどうの着色料がどうのと講釈する割には北海道育ちのくせに魚の名前も知らず、わたしはと言えばサンドウィッチ以外に作り方を知っている料理などありはしなかった。わたしたちは呆れる葉子のあとをお母さんお母さんと言いながらついて回り、それ以上言うと夕飯抜きだと一喝《いっかつ》されて黙り込んだ。

わいわい言いながら四人分の食事を作ったにもかかわらず、真穂はまたしても姿をくらましていた。千秋たちはかなり遅くまで部屋にいてくれたけれど、結局真穂を引き合わせることはできなかった。翌日になっても帰ってはこなかった。

真穂が戻ってきたのは日曜日も午後になってからだ。部屋にチャイムが響きわたり、扉を開けると大きな箱をかかえた彼女が立っていた。

「棚でも吊《つ》ってたの?」

いきなり彼女はそう言うと、悪びれた様子もなくバッシュを戸口に転がして部屋に入ってくる。

「……ああ、ちょっと勉強してたから」

「勉強ってハンマー持ってするものだった?」

荷物をベッドの脇に下ろしながら振り返る。わたしは左手に軍手をはめ右手にハンマーを握っていた。鉱物研究の基礎はまず肉眼鑑定術を身につけることから、というわけで渡された石塊《いしくれ》が机の上にはごろごろ転がっている。持っているハンマーはトリミング用のいたって小さなものだ。

「これ、石英?」

つかつかとわたしの机に近寄り、彼女は割りかけの塊を手にした。

「方解石」

「ふーん。で、石を叩いて何してるの」

「性質を見てる」

「性質ねえ……硬い、とか？」

「そう。硬さとか色とか割れ易さとか。石英が石英だとわかるのも方解石が方解石だとわかるのも結構大変なの。こうしてとんとん叩いて眺めて触って、もしかしたらこれは石英ではなく方解石かもしれないっておぼろげにわかってくるわけ。図鑑をいくら眺めても実物にたくさん触れないと意味がないのよ」

「つまり存在は概念を超えるってことよね」

わたしは彼女を見つめたまま、ハンマーで自分の頭をこんこんと叩いた。嬉しがって喋ったのが馬鹿みたいだ。無言で作業を再開すると、彼女は手にした石を戻しながら楽しいのかと聞いた。

「楽しいし、すごく幸せ」

言い方は少しぶっきらぼうだったかもしれない。彼女は肩をすくめて戸口へ歩いていった。

「このドアしばらく開けといてね」

それから彼女と運送会社の制服を着た青年が交互に荷物をかかえて入ってきた。驚くほど大量な荷物だ。もう終りだろうと思ってもまだまだ続く。知らんぷりしているのも大人げないような気がして、仕方なく手伝いましょうかと声をかけた。

「運ぶのはおしまいだから。荷物、解くの手伝ってくれる？」

荷物はほとんどが電化製品。オーディオ機器や炊飯ジャー、オーブンレンジ……あれば便利だろうがわたしは持っていないものたちがかなり質的に高度なレベルで揃《そろ》う。もしかすると結構なお嬢様なのかもしれないと思いながら、言われるままあちこちにセッティングすると、たちまちそれらは部屋の主役のようになった。しかし部屋の中央に立ってそれらの配置を検分する真穂は、いつの間にかった男物の大きなシャツをだらりとはおって、お嬢様どころかお腹をすかせた浮浪者といった態だ。シャツの裾《すそ》から棒きれのような脚が覗《のぞ》いている。

「入試の日……」

かなり躊躇《ちゅうちょ》してからわたしは言った。真穂は爪を噛みながら振り返る。

「入試のときね、C棟とF棟の間に立ってたでしょう?」

「…………」

「ほら、昼休み、雪の上に」

目をきょろりと一回転させてから全然覚えていないと彼女は言い、わたしは話の継ぎ穂を失ってぎくしゃくと石に目を戻した。


それなりに努力はしたと思う。けれど真穂を受け入れることは難しかった。彼女の態度はいつもわたしには少し馴々《なれなれ》しすぎるように思え、するとわたしは無意識のうちにすっと一歩退いてしまう。そんなことでは打ち解けることなどできないのだと反省して無理に何かを話しても、なごやかな会話が成り立つことは稀《まれ》だった。

入寮とほとんど同時に、彼女は新聞会やボランティアや劇団の活動に参加し始め、初めの頃は聞きもしないのにいちいちそうした活動をわたしに報告しようとした。たとえば自治会で問題になっている集会の許可制度について、ボランティアで関わっている留学生の悩み、劇団内の人間関係や彼女が書こうとしている芝居の構想……。ついでに言えば老人問題を考える会にも籍を置いていた。

それらは、わたしにはどうしても興味の持てない、聞くこと自体が非常にエネルギーを要する話題だった。新聞は読むものだと思っていたし、他人のために何かをするほどお節介でもなかったし、率直なところ芸術には疎《うと》かった。わたしたちには共通点というものがない。興味の方向も違えば考え方も違い、行動様式はそれらの違いすべてよりも大きく違った。

複数の活動に参加している結果、彼女の生活は超多忙だ。深夜になっても帰ってこないかと思えば唐突に昼日中《ひるひなか》部屋で眠っていたりする。あたかもそう心がけてでもいるかのように、生活にはリズムがなく不規則で予測不可能だ。それは同居者としてはかなり神経の疲れることだった。加えて深夜に予告なしの来客があり、眠っているわたしの傍らでぼそぼそと朝方まで話し込む。

一年間も付き合うルームメイトといがみあうのは愚かなことに思えた。そしてまた彼女に共同生活のルールを説いてみてもそれは無駄なことだろう。彼女の行動様式は、単にルーズであることを通り越して意志的な逸脱に満ちていた。なまじ常識などを持ち出せば、逆に質問攻めにあって辟易《へきえき》させられるのは初めて言葉をかわした夜からわかっている。だからあのとき悟ったように、距離をおくこと、気にとめないようにすること、それが一番正しい対応なのだ。そう決めれば無関心でいることは簡単だった。昔から感情のコントロールは利く方だ。

彼女の友人が来ても、わたしは今晩はを言うくらいで、きっかけを失えばそれさえ言わなかった。彼女はわたしを客に〈石愛《め》づる姫君〉と紹介し、それは全然気にしなくていいからねという意味だった。

わたしたちはすれ違いばかりで対話のない夫婦のような暮しをした。夫婦ではなかったので全然問題はなかった。彼女やその友人がいてもいなくても何をしていても、わたしは気にせず規則正しい生活を営んだ。研究会のない夜は千秋たちの部屋でお菓子をつまみながら予習をしたり、ボーイフレンドの部屋でコンピュータ・ゲームをして時間を過ごし、そうでないときはひとりの部屋でこつこつ石を叩いた。非難もしないが関わりももたないというわたしの意志は、言葉にするまでもなく態度で彼女に通じたらしく、彼女もわたしとのコミュニケーションはなかば諦めたふうだ。

ボーイフレンドができたのは早かった。もっともわたしの学部には女性が少なかったから、夏休み前には誰もが売約済みの札を貼られていた。結局、友人のでき方も恋人のでき方もひどく安直なんだなと思いながら、嶋《しま》君が唇を近づけてきたときわたしも黙って目を閉じたのだ。

地元出身の彼は学部を越えて交友が広く、はじめから我がもの顔で学内を飛び回っていた。フットワークがよく世話好きで、ひとに頼られると楽しそうに面倒をみる。たとえばそれはコンパ会場の予約だったり、アルバイトの急な代役だったり、酔っぱらって腰の抜けてしまった女の子（わたしではない）を寮まで送り届けることだったりした。

一方で、彼は専攻仲間から神様と呼ばれるほど数学に秀でてもいた。だからかなりの自信家でもあるのが少しも嫌みにならなくて、稀に見る人格のバランスのとれたひととして千秋や葉子にも評判がよかった。彼にできないことは何もないようにわたしには思えた。勉強だけでなく遊ぶのも好きだったし、頭の良さをきちんと生活につなげる道筋を持っている。急にお金が必要になったとき、彼は少しも慌てたり悲嘆に暮れたりしなかった。どこで何をすれば必要が満たされるのか彼にはすぐわかるのだし、実際に行動に移すとそのとおりなのだ。

彼にかかると世界はものすごく澄んで明るくわかりやすいものに見えた。真剣に考えたり怒ったりすることはあっても、いじけたり僻《ひが》んだりすることは間違ってもない。だからといって自分のようにふるまえない人々への思いやりを欠くわけではなく、どちらかというといつも他人のことに心を痛めていた。その優しさには、どこをつついてみても欺瞞《ぎまん》の影を見出すことはできない。

五月病などというものとは無縁に時間は過ぎて、夏休みはあっけないほど早くやってきた。そこで割のいいバイトにありつけたのも嶋君のおかげだ。わたしは休みの前半を彼と一緒に建築資材の研究所でアルバイトをしながら過ごすことにした。行き帰りは彼の車に便乗させてもらえたし、実験補助をする彼はともかく、わたしは冷房の効いた部屋でのんびり文献整理をしていればよいだけ。何の苦労もないお姫様の暇潰しのような仕事だった。特に疲れるということもなく、仕事から帰ってくるとわたしはよく窓からぼんやりと外を眺めていた。

千秋と葉子は休みに入ると同時に北と南に別れて帰り、真穂も二週間くらいばたばた動き回ったあとで東京へ帰っていった。嶋君も休み中は実家から研究所に通うとかで寮の部屋を引き払っていた。休みも半ばになると大学は閑散《かんさん》とし、寮の周辺も真夏の廃墟といった観があった。聞こえてくるのは郷里に帰れない留学生たちの声だけだ。いつもだったらもっと控え目に埋もれているその英語や韓国語や中国語は、今やコロニーの主役と化して、明るい静謐《せいひつ》に凝固しかけた空気を異様に震わせている。そんな声をぼんやり聞いていると夕暮れはなかなかやってこなかった。

ボランティアをしている真穂によれば、ここには数百人の留学生が棲息しているらしかった。闇《やみ》の中から突然現れる漆黒《しっこく》の肌やまったく目立たない顔立ちなのに口を開くやいなや意味不明の音声を発するひとびとの存在にはもう慣れた。彼らの存在や彼らの言葉は、清掃にくる老人たちの存在や言葉同様にするりとわたしの皮膚をすり抜けていく。すり抜けるときのなめらかさだけが日々増していき、いまでは摩擦係数《まさつけいすう》はゼロに近い。

わたしはそのなめらかさを愛したが、真穂はどちらかというと関わりの猥雑《わいざつ》さを愛していた。窓から首を出していると、外を通りかかる真穂の友人たちに声をかけられることがある。アメリカ人の女の子は真穂をバーベキューに誘いにきて、帰省中だと知ると、ではあなたがいらっしゃいと陽気に言った。断ると、なぜかとしつこく問われて閉口した。面倒臭くなってしまいには黙って窓を閉めた。ずいぶん時間が経ってから、失礼だったかなとも思ったが、それはお互い様のような気もした。

熱帯夜をにぎやかにうねり歩く彼らの声はいつもよりのびのびとして聞こえ、わたしはテリトリーを奪われたような一抹《いちまつ》の淋しさを感じた。アルバイトが終っていよいよ自分も帰省しなければならなくなると、その気持ちは敗北感にも似てきていた。たった数カ月の間にわたしはしっくりとこの空間に馴染んでしまい、どこであってもここから出ていくのは億劫《おっくう》に感じられた。それでもこれ以上帰省を延ばす適当な理由も思い浮かばず、駅まで送ってくれた嶋君に手を振ってようやく実家へ帰ったのだ。そして姉はやはり家にいなかった。

ひとつ違いの姉は、きわだって美しい容貌とピアノの才に恵まれており、母は半ば本気で彼女がピアニストになればいいと考えていた。それについて姉が愚痴《ぐち》をもらすのを聞いたことがある。ピアニストになりたくないわけではない。しかし、それならそれで偉い先生の個人レッスンを受けるとか特別の高校に通うとかいった手筈《てはず》が普通はあるわけで、そうしたこともしないでただ漠然とピアニストを夢見るのは無責任だと彼女は言った。母自身には音楽的素養があるわけではなく、そういった現実についても無知だったのだと思う。万一知っていたとしても、とてもお金のかかることらしいのでわが家ではそこまでできなかったろう。

それでもなんとなく姉は音大を受けることになっていた。わたしは家計を鑑《かんが》みて進学はしない方向で考えていた。別にどうしても大学に行きたいという理由はなかったし、万が一にも姉にピアニストになる可能性があるのなら全面的に協力したいと思った。音楽のことはよくわからなかったけれど、正統派美人の姉がドレスを着てピアノの脇に立つ姿には母ならずとも期待をかけたくなるものがあったのだ。

ただ、姉自身は容姿を誉められるのがさほど好きではなかった。男子校に彼女のファンクラブができたり、母たちの井戸端《いどばた》会議の話題にされるたびに、どちらかというと傷ついていた。それがわからないわけでは決してなかったが、やはりときどきなぜ素直に喜べないのだろうと不審に思い、わたしは贅沢《ぜいたく》な悩みをからかって何なら顔を取り替えてあげようかと冗談を言ったりもした。そんなとき姉は黙ってまじまじとわたしの瞳をのぞき込んだ。

わたしはこの姉がとても好きだった。できすぎた姉を持つことで妹が傷つくというような構図は少なくともわたしたちの間にはなかったと思う。双子だったらもう少し微妙な関係になったのかもしれないが、そうではなかった。わたしが、すでに姉のいる世界に生まれてきたのであって、決してその逆ではないことをあらかじめわたしは認識していた。姉に抜きんでることよりも姉にとって抜きんでた存在であることの方がわたしにはよほど重要だった。多分姉が自分自身を愛した量よりもわたしが彼女を愛した量の方がずっと多かったろう。

だいたいわたしの家族は皆、彼女を愛することで自己愛を満足させているようなところがあった。発電所に勤めている父は家にいるのが好きで、家庭的と言えば言えないこともないが、家ではたいていテレビを観ていてときおり父親マニュアルから抜き出したような奇妙に現実味のない台詞《せりふ》を述べた。母は世間ずれしていない無垢《むく》なひとで、他人から姉が快活であると言われればそう思い、わたしがしっかりしていると言われればそう思うようなところがあった。逆に学校の面談などで教師からごくごく軽い忠告を受けただけで、涙を溜めて一週間くらい嘆き悲しむこともできた。姉とわたしはそれを称して〈母は波乱に満ちた人生を送っている〉と言った。

要するに家庭は平和だった。食卓の四つの椅子が塞《ふさ》がっている限り、たとえ世界戦争が起こってもわたしたちは幸福だったろう。でもとりわけ姉の椅子が重要だった。なぜなら、わたしたちの幸福を外側から保証してくれるのは、常に姉に対する賛辞であったから。わたしたちは〈姉の父〉や〈姉の母〉や〈姉の妹〉である自分を愛していた。

ところが、姉は音大に受からなかった。すると急にもう大学へは行かないと言い出した。一度で大学に受からないようではとうていピアニストになどなれるわけはないし、たかがピアノの先生になるだけのために妹の進路を潰してまで大学に行く意味などない。母とわたしは、そしておそらく父も唖然とした。この一見妹思いにも見える発言は、わたしたちにとってはとんでもない裏切りだった。

彼女は勝手に隣県の保養所に職を見つけて出ていった。両親だけでなくわたしまでもが彼女に捨てられた。この状況がわたしにはよく理解できない。理解すべきなのだとは思う。そしておそらく八〇パーセントくらいはわかっているのだと思う。ありていに言えば、本気で彼女をピアニストにしようと思っているひとはいなかった。わたしたちはただ身内に美しい女性がいることの喜びを享受しようとしたにすぎない。それは多分いけないことだった。以前から彼女が家族の愛情の形に不満を持っていたことは知っている。

しかし、だとしてもあのやり方は全然合理的ではない。音大へ行かずに働きたいのなら、それはそれでも構わない。ただそこに〈妹のために〉というニュアンスを残されたのがどうしてもわたしには許せないのだ。それではまるでわたしが不幸だったようではないか。そうではない。わたしが望んだのはこんなことではない。彼女にとって最も身近で心許せる存在でありたかったのだ。その気持ちをなぜ彼女はくんでくれなかったのだろう。わたしが初めて視力を得たとき、ベビーベッドをのぞき込んでいたのは彼女ではなかったかと思うほどに、わたしは彼女が好きだった。彼女にピアノを弾いてほしかった。いまさらあんなことを言うのはアンフェアだ。

「沙月ってそうとうのシスコンよね」

芝生にハンカチを敷いて千秋は腰を下ろしていた。それは自明のことだからわたしはおとなしく二度頷いた。本を枕に寝そべっていたので、頷くのは楽ではなかった。わたしたちの前には人造の小川が流れていて、それは広場の噴水につながっている。このせいぜい幅三メートルほどの芝生で昼食をとるのは、ずいぶん前からわたしたちの習慣になっていた。たしか千秋が学食の食器を嫌ったことがきっかけだったと思う。朝も晩もまともな食事をしていないわたしはせいぜい昼くらいは栄養のあるものをとりたかったが、場所自体は好きなのでいつも付き合ってここでパンを食べている。

多分三人とも帰省先から戻ったばかりだったからだろう、地方の人間関係や家族のうっとうしさについて話をしていたときに、わたしはひたすら姉のことばかりを話していたようだった。

「普通、同じもの食べて同じおトイレ使ってる人間をそんなふうには思わないわよ」

千秋はそう言ってハンカチごしにつかんだ牛乳のストローをくわえる。わたしがあまりに姉の美貌を強調するのが腑《ふ》におちないのだ。

「絶対、美化し過ぎ。親馬鹿みたい」

「だって本当だもの。肌なんて雪花石膏みたいに白くてなめらかだし、目なんて黒曜石みたいにつぶらなんだよ」

「比喩が……変よ」

「見たことないからよ」

そう言いながらわたしも必死で姉の顔を思い出そうとしている。自分だってもう一年半も彼女に会っていないのだ。だからいっそうムキになるのかもしれない。

「もしかしてもしかして」

と割って入ってきた葉子が大きく開いた口に両手で蓋《ふた》をする。掌《てのひら》の下でささやくように言った。

「お姉さんだけ親が違うんじゃないの?」

千秋とわたしはちょっとうんざりといった表情で顔を見合わせる。葉子の現実認識はどことなく安物のテレビドラマ的で、千秋やわたしをとまどわせる。いつか会ったこともない真穂の母親の死に涙ぐんだとき、わたしたちは心底驚いた。葉子の母が健在なことはこの目で見て知っていたから、どこからそんなシンパシーが生まれるのか見当がつかなかったのだ。だって悲しいに決まってるじゃないと彼女は言った。それはそうねとわたしたちは曖昧《あいまい》に頷くよりなかった。

案の定、間違いなく実の姉だと言うと、葉子は途端に興をそがれてあくびをもらす。

「なんだ、平和なんじゃない」

「……だね」

もちろん、自立した美しい姉を持つことは平和だったり幸福だったりはしても、問題なんかであるはずはない。葉子につられてあくびをしながら、わたしは腕をつっぱって身体を起こした。食後の眠気がさしてきたこともある。千秋までが誘われたように口を開け、にじんだ涙を指でぬぐう。三人ともとろけそうなしまりのない目をしていた。すると千秋は眠気を払うように空に向かって大きな伸びをし、わたしはまたつられてぼんやり上を見上げる。両手を膝の上にぱちんと振り下ろす音が聞こえ、唐突《とうとつ》に千秋が言った。

「じゃあ、そういうことでまたみんなでドライブしない？」

「はい？」

「ドライブよ、ドライブ。海なんかいいね」

「はあ」

千秋は夏休みいっぱいを費やして両親を説得し、めでたく車を購入したばかりだった。立派な道路があるのはそれなくしてどこへも移動できないほど何もかもが遠いからで、必然的に学生の車の所有率は高い。バイクともなるとなまじな展示会よりもこのあたりの駐車場の方が豊富な車種をとり揃えている。

嶋君と葉子の彼が車を持っていたので、それまでもわたしたちはそれぞれのボーイフレンドを加えた六人で色々なところへ遊びに出かけた。皆、同じ学部の同じ学年だから気心が知れている。千秋が念願の車を手に入れたのなら、乗り心地がいいねのひと言くらい実感を込めて言ってみるのが友人というものだろう。そうは思っても、いまひとつ気乗りがしないのも事実だった。

「いいけど……今度は三人だけで行こうよ。千秋に命預けてさ」

ふたりはどうしてと首を傾げる。

「嶋君と何かあった?」

「ないけど……」

「じゃあ、いいじゃない。久しぶりだし」

「うーん、でも何かさ……」

枕にしていたテキストを引き寄せて言い淀《よど》むと、千秋はちょっといらいらしたようにウェットティッシュを引き抜いて残りを袋ごとわたしに投げる。

「何なのよ、いったい」

言いながら掌をぬぐう。わたしも一枚抜きとって残りを葉子へ回す。

「……嶋君さあ……夏休みにバイトしたお金で引っ越したんだよね」

「知ってるわよ。何で?」

千秋は指の間を丁寧にぬぐう。その次には爪を一枚一枚拭き始めるだろう。

「要するに同室の子とうまくいかなくなったんじゃないかな」

「ふーん、問題ある子だったの？　嶋君は協調性あるもんね」

「協調性もあるけど凝《こ》りやすい性格でもある」

わたしは心持ち顔を上向けて、死者にするようにふわりと白いティッシュをそこにかぶせた。ひんやりして気持ちがよかった。

「わかった。ゲームに凝って夜中までやってたんでしょう。あれピコピコうるさいもんね」

「いや、そうじゃないみたい」

「だから、何よ」

「うーん……どうもなんとか教って宗教にはまったらしいんだよね」

「うっそお！」

顔にかぶせたティッシュごしに、手を止めた千秋と身じろぎする葉子が見える。

「彼、専攻数学じゃなかった？」

「そう」

「じゃあ何。前は朝晩パソコンのキーボード叩いてたのが、今じゃ木魚叩いてるってわけ？」

わたしはひとつ溜息をついて、舞い落ちるティッシュを掌で受けとめた。

「そんなことないよ。キーボード叩いてる」

「ふーむ」

「本人は宗教だって思ってないし。幸福の数学的証明なんだって」

「何それ」

「あのね……幸福っていうのは基礎データさえ正確なら割と単純な計算で数値化できるものなんだって。数値化ができれば偏差値がとれるよね。客観的に眺められるでしょ。でも幸福観っていうのは主観によるから揺らぎがちだし根拠が希薄だよね。そしてたいていの幸福観は客観的な幸福の値に対して過小に見積られているんだって。わかる？　実際より不幸だと思っているひとの方が多いってこと。こういうひとに偏差値を示してあげるだけでも充分に意味があることなんだけど、もっと重要なのは幸福観の方も数値化してグラフで示すと、客観値と主観値の乖《かい》離《り》の形が明瞭になるからどうしたら幸福感が得られるかがわかって、つまり人生の指標が得られるんだって。真面目な顔して言うんだよ」

「性格、変わったんだ」

「変わってない、全然。あいかわらず優しいし勉強もしてるし」

ただゲームの種類が変わっただけなのだ。

「嶋君、そういう性格に弱いとこなさそうだったけどね」

「弱いって言うのかなあ」

「弱いよ、危ないよ、気持ち悪いよ」

「気持ち悪いっていうか……」

「…………」

「っていうか、わたし嶋君の話聞いてるとなるほどなあって思って、彼、理詰めで話すからね、優しいけど緻密《ちみつ》で破綻《はたん》がないの。それでわたしも……はまりそうなんだよね」

「うそお！」

ふたりはそっくり眉を八の字にして同時に叫んだ。

「そしたら友達やめる？」

自分の彼は馬鹿でよかったとかあれこれ結局他人事なので楽しそうにさえずったあとで、彼女らは芝を払って立ち上がった。わたしは全然動く気になれなくて、太陽の動きにそって移動した木陰を追いかけ再びそこに潜り込む。葉子はいささか大袈裟《おおげさ》にしっかりするのよとわたしの両肩を揺さぶり、千秋はそういうことならドライブには三人で行こうと言い、わたしは脱力気味にひらひらと手を振った。

そのまま掌をかざしてみると何かの唄にあったとおり〈真っ赤な血潮〉が脈打って見える。夏休みが終っても夏そのものが終ったわけではなく、ぎらぎらとした太陽の光が周囲の建物に満遍なく降り注いでは甲斐《かい》もなく跳ね返されていた。そこここで反射光がプラチナ色に輝いている。

コンクリート・セラミックで覆われた理学部棟の優美な壁も、その教室ごとに渡されたベランダの手摺《てす》りも、採光を考えて三角に張り出した窓も、広場の石畳になった斑岩も、その中央の岩の形の噴水も、何もかもが影もなくきらめいている。わたしがこの場所を好むのは、ここにいるとあたかも石に囲まれているように感じられるからだ。

もちろん人造の小川に沿って設けられたベルト状の芝があり、そこには定間隔にいつか大きくなるのかもしれない痩せた樹木が植えられ、広場の要所要所にはセメントで作った小さな丸い花壇に葉牡丹《はぼたん》が植えられていたりもする。けれどもこの空間の主が建築物でありそれらを構成している岩石や鉱物であることは疑う余地もないことなのだ。

そうした威厳ある建物の中で一層わたしに畏怖《いふ》の念を抱かせるのは、講堂の隣、広場の正面に構える堂々とした中央図書館だった。壁面が緩《ゆる》やかに弧を描き中央がふくらんで迫り出している。平面図を見れば多分先端を直線で切り取ったラグビーボールの形をしているだろう。六階建ての白っぽいこの建物は形だけを見ればたいそうモダンだ。その迫り出した中央の入口に至るにはごく緩やかな階段を四、五段昇らなければならず、昇った先のファサードに立ち並んだ大理石の円柱が六本、広場を睥睨《へいげい》しているさまには格調までがあった。

先輩たちが言うには、この図書館を覆う壁はことごとく人造石のタイルを貼り合わせたものだけれど、六本の円柱だけは間違いなくビアンコカララと呼ばれる正真正銘の天然大理石だ。だからというわけでもないだろうが、初めからこの円柱には心惹かれるものがあった。入学式のあとで千秋たちに声をかけられたときも、わたしは講堂の前から無自覚なままそれらを眺めていたような気がする。人造石のようにことさら大理石を強調する文様は描かれず、白地の中にはごくうっすらと灰がかった水色の筋が曖昧に流れている。わたしはこの柱の傍《そば》に立つたびに触れてみずにはいられなくなる。人目がなければ抱き締めたいくらいだった。

広場の噴水から風に送られてくる霧状の水を浴びながら、樹の根本にもたれたわたしは広場とその向こうの図書館を眺めていた。昼休みの間中拡声器で何かを喚《わめ》き続けていたひとが横断幕をたたんで引き上げようとしている。千秋たちと話している間、たえずそのひとが何かを訴え続けていたのには気づいていた。けれども何を訴えていたにしろ、それはわたしたちには届かなかった。この暑いさなか、焼けた石のまん中で聞くひともいないアジテーションを繰り返すなど、わたしには到底理解できない行為だ。

重そうな拡声器をぶらさげて目の前を横切っていくのは真穂だと気づかないわけではなかった。わたしは声をかけることも思いつかず、ただぼんやりとその姿を見送った。


鉱物研究会は、毎週中央図書館のセミナー室で開かれる。外見ばかりでなく中身も優れた図書館だった。全国の大学とオンラインで結ばれた検索用端末も便利だろうが、より重要なのは開架式であることと夜間使用が可能だという素朴な二点だ。

全部集まっても十人くらいのメンバーは医学や文学や芸術というように専攻もばらばらであったから、名前が堅い割に会の性格は素人《しろうと》愛好会的だった。あれやこれや鉱物を持ち寄って意見を交わしたりうんちくを語ったりし、頃合を見計らって居酒屋へ流れ、語り足りない人々は最後に清水《しみず》さんの部屋まで付いていく。

清水さんだけが地球科学を専攻している先輩で、知識の量からいっても年齢からいっても会の重鎮とみなされていた。お酒もおしゃべりもあまり得意な方ではなかったにもかかわらず、わたしはいつも最後まで付き合って彼の部屋を訪れた。わたしは清水さんの収集した標本を見るのが何より好きだったのだ。

彼の標本箱はまるで魔法の宝箱のようだった。手作りだという引出しを開けると、闇の中から色とりどりのかけらがいくつも出てくる。それぞれが小箱に入れられ、箱の外には几帳面に鉱物名を記したラベルが貼られている。真っ赤な鶏冠《けいかん》石《せき》や辰砂《しんしゃ》、青い藍銅鉱《らんどうこう》、緑の孔雀石《くじやくいし》、ピンク色のマンガン鉱やマスカットゼリーのような色のペリドット……何度見ても飽きるということはなかった。

中でも別格だったのが、大きすぎるためにいつも机の上にごろんと転がされているひとかかえの青金石《ラズライト》だ。標本屋で買えば十万円は下らないし、宝石屋でならもっとするだろうその塊を、清水さんは旅の途中に産地で手に入れたと言われている。産地と言えばアフガニスタンで、政局不安な折り一介の大学生がふらふらと入っていける場所ではない。そこを石に導かれて何の危難もなく行って帰ってきたというのが清水さんにまつわるアフガン伝説だった。

思い立つと学期中でもふらふらと出ていってしまう習癖のせいで、三度目の四年生をやっている清水さんは、鉱物以外のことに関してはまるきり無口でもあったからこうした伝説は数限りなくある。

伝説の真偽はともかく、深いウルトラマリンの地の中にきらきらと無数の鉄粉をきらめかせている青金石《ラズライト》は、間違いなく質のよいアフガニスタン産だ。わたしは眺めるだけでは気が済まなくていつもそっくりと胸に抱かせてもらう。まるで赤ん坊を抱く母親のようだと笑われるけれども、そうやって感じる充足感はむしろ母親の心音を聞く赤ん坊の安堵の方に近い。大理石の円柱に触れているときもそうだ。もちろん時を刻むような心音が聞こえるわけではなく、もう刻まれることのない時間、終息した時間、想像もかなわぬ太古の時間を漠然と肌で感じるだけだけれども。

その塊はやや不安定な形をしていたので、他の先輩たちがちょっと割り分けてくれと頼んだことは幾度もあったようだ。もちろん受け入れられたためしはない。ケチだと言ってしまえば簡単だがそれは何も彼に限ったことではなかった。標本を見せてくれと言って断られたことはない。誰でも自慢げに見せてくれた。けれど貸してくれるひとはひとりもいない。万が一事故があったとき、お金や代替品では償《つぐな》えないと思っているようなところが彼らにはあった。

たったひとりの女性会員だったこともあって皆に大切にしてもらった中でも、とりわけ清水さんには可愛がってもらった。鉱物と岩石の違いから始まって、だいたいわたしの知識の大半は清水さん経由のものだ。静かな喋り方をし、苛立《いらだ》つということのない性格で、鉱物と同じ時間を生きているつもりなのか二年留年したことなど歯牙《しが》にもかけていなかった。

いつも清水さんの標本箱に張りついていたせいで、いつの間にかわたしは彼の一番弟子とも歩く所蔵品目録とも呼ばれるようになっていた。会のない日でも標本整理などを頼まれると喜んで出かけていって手伝いをした。わたしがひとつひとつの標本のありかを細かく覚えているものだから、清水さんもわたしに無断で位置を変えてはいけないと思うらしかった。

ある日、そんなふうに整理を手伝ったあと、青金石《ラズライト》の塊を前にして鉱物が好きになったきっかけなどを話していると、彼は唐突に臭《にお》いを嗅いでみたらと言った。

「臭い？　何のですか」

清水さんは口元だけでニッと笑ってから、いきなりハンマーで力強く青金石《ラズライト》の突起を叩いた。わたしは自分が叩かれているように胸がきしんだ。ほら、と言ってかけらをわたしの鼻先に押しつける。

「これが青金石《ラズライト》の臭い。覚えておくといいよ」

ショックで臭いを嗅ぐどころではなかった。お礼だと言ってかけらを渡されたときにはもっと驚いた。掌にのせても現実のことのように思えなくて、しばらく惚《ほう》けて真新しい断面を見つめていた。青金石《ラズライト》の形が変わったのは誰の目にも明らかだったから、清水がとうとうあれを割ったとあとでずいぶんひやかされたものだ。そんなとき、彼はただいやあと言って頭の後ろを掻《か》いていた。

清水さんが今年は卒業すると宣言して卒業研究をまとめ始めた頃から、研究会の人々がわたしの部屋に出入りするようになった。論文をまとめ始めた清水さんの部屋は資料や試薬が散乱して会合に使えるような状態ではなくなっていた。わたしのところならば広さは倍だし真穂はたいてい留守だし、先輩たちは女の子の部屋だという理由だけで大賛成した。

女の子の部屋だと意識している分、彼らは遠慮というものを知っていた。真穂の友人たちのように朝まで居坐《いすわ》るようなことはあり得ず、したがって彼女に迷惑はかけないはずだというわたしなりの計算があった。だから秋口に入って急に彼女が芝居を書くのだと言って終日部屋に閉じ込もるようになったのには、正直言って悪意にも似た間の悪さを感じた。

ところが恐る恐る会合のことを告げてみると、彼女はむしろ嬉しそうにどうぞどうぞと言い、当日は図書館にでも退避するかと思いきや、書きかけの台本を放ってにこにこしながらお茶をいれ出したのでわたしは面喰《めんく》らった。真穂を可愛げのない奴と以前称したはずの先輩ですら、その愛想の良さにすぐに懐柔《かいじゅう》され高校の思い出などを語り出すしまつだった。気がつくといつのまにか彼女が座の中心になっている。

「へえ、芝居の台本てどんなの?」

文学を専攻している先輩が興味深げに尋ねた。真穂は待ってましたとばかりにまくしたてる。

「あのですね、アイスキュロスなんかにも出てくるんだけど、ギリシャにアスクレピオス神殿というのがあるのね。アスクレピオスっていうのはアポロンの息子で医術に秀でていたんで後に医神として祭り上げられるんだ。で、その神殿は一種の病院だったって言われていて、まあ、外科療法とか温泉療法なんかもしてたらしいんだけど、神殿の一番奥の至高聖所《アバトーン》では夢治療というのが行われてて、それが面白いからモチーフにしようと思って」

「夢治療……それは何、精神分析みたいなもの?」

「うーん、夢の中に神のお告げがあるとか、眠りによって一度死んで健康体に生まれ直すとかいうみたいですけど。それで見えなかった目が見えるようになったり、萎《な》えてた脚が立ったりとか」

「なるほど」

至高聖所

何がなるほどなのだろう、そんな病人がたくさんいるのは食糧事情が悪かったからであって寝たから治るというものでもないだろう。わたしはいささか呆れながら、しかしそうは言っても彼女が黙って背を向けているよりはこの方がずっと好ましい状態には違いないので、耳を傾けるふりをしながら方解石の切片ごしに人々を眺めて遊んでいた。そうすると複屈折のせいで風景が二重に見えるのだ。真穂も清水さんも何もかも。

真穂は部屋に閉じ込もっていることで生じるストレスをここで一気に晴らそうとでもいうかのように毎週よく喋った。さまざまな活動に携《たずさわ》っているだけに話題は豊富で、わたしはその豊富さに辟易するのだが、先輩たちは面白がって聞いていた。先輩を先輩とも思わない口調に気を悪くする様子もなく、真穂のペースにすっかりのまれてしまっている。そしてわたしたちはいつの間にか彼女の情報処理の課題を頭を寄せ合って解いていたり、あまり興味のない問題について署名をしていたり、あるいは芝居のチケットを買わされていたりするわけだった。

「ちゃっかりしてるわね」

彼らが帰ったあと、別段皮肉というわけでもなくわたしは言った。真穂は残ったおせんべいをポリッと齧《かじ》りながらこちらを見る。

「わたしはただキミたちが社会に目を向ける機会を与えてあげただけよ」

「社会?」

「そうだわよ。だいたいこんな閉鎖的な環境に満足できるってとこからして、キミたちってどっかいびつだと思う」

「……かしらね」

わたしはすでに余計なことを口走ったのを後悔していた。

「世界は石だけでできてるわけじゃないし、自分の将来とか考えたらもっと気になることとか頭にくることとかあるんじゃない?」

「……偉いのね」

いつだったか広場で何かをアジっていた彼女が頭をよぎる。あんなことはわたしにはできない。彼女が〈社会〉と呼ぶものは、わたしが手で触れて確かめているものに比べればはるかに日常を超えて遠い。そんなものにまで思いを致すことのできる人間は多分立派なのだろう。

「そういう言い方しかできないの?」

彼女は怒ったように言ってから、言葉の割には静かな眼差しでじっとわたしの目をのぞき込んだ。姉が昔よくこんなふうにわたしを見たなと一瞬思った。瞳の中には自分が映るだけなのに、いったい何が見えると思うのだろう。ほんとうのことを言えば石だけからできている世界というのはなかなか魅力的に思えた。あらゆるものがくっきりとした輪郭と安定した結晶構造を持ち思惑の跳ね返る角度があらかじめ計算できる世界、そんな世界ならわたしはいますぐにでもその中で暮し始めることができる。わたしは真穂よりも嶋君の方にずっとずっと近いのだ。

黙ったままふいと目をそらすと、彼女は呆れて机に戻った。芝居は学園祭で上演するとかで、もういくらも時間がない。彼女だって来客が有難い状況では決してなかった。にもかかわらず愛想よく研究会の人々をもてなしてくれたことにわたしは感謝すべきなのだろう。感謝の方はこれまでの迷惑と相殺《そうさい》するにしても
……

「ごめん」

背中に向かって言うと、彼女はひと呼吸おいてから肩を大きく回して振り向いた。

「何が？」

「何って……言い方が悪かったと思って」

「言い方がね。考え方を変える気はないのよね」

「…………」

「いいのよ、別に。キミを改造しようとは思ってないから。多分わたしの方が特殊なの。知ってるんだ……」

そのときはよく意味がわからなかった。彼女は充分に特殊だったから、知ってるのなら直せばいいのにと思った程度だ。意味がわかったのは数週間後、着替えて出かけようとする彼女を見つけたときだ。夜はずっと部屋にこもって台本を書くようになった彼女が週末だけは必ず出かけることにわたしは気づいていた。それだけならば、どうしてもはずせない用事があるのだろうと思うところだが、出ていくときの服装が妙だった。

妙だと言ってもスカートだったりキュロットだったりということで、決してピエロのようなという意味ではない。これが千秋だったり葉子だったりもしくはわたしだったりすればさほど驚くにはあたらない。ただ、真穂はほとんどいつも男物のぶかっとしたシャツとジーンズで通していたからわたしにはとても奇妙に思えた。

それに夏頃からときどきお化粧をすることもあった。

「まあなんて言うか、お化粧ってのは社会で生きていく上での通過儀礼のようなものだと思うのよね。そういったものは何でもさっさと済ませる主義なのよ。別にお化粧が女性的願望だとか女性的役割だとは思わないんであって、お化粧した男性をも受け入れようと悲壮な覚悟を固めた上で、今回わたしはお化粧をすることに決めたんだわよ」

友人の質問にはそんなふうに答えていたが、そこまでご大層なこととは思っていなかったわたしに彼女の理屈はやや言い訳じみて聞こえた。葉子は、それは恋人ができたに違いない、相手は歳上ですでにお勤めをしているひとだと断定した。いつもだったら尋ねもしない行き先をわざわざ聞いてみたのは、わたしもきっと五十歩百歩の想像をしていたからだろう。

　彼女の答えはそっけなかった。

「言わなかったっけ。実家に帰るのよ」

「だって、毎週？」

「そうよ、毎週」

「いつから」

「はじめっからよ」

　頭の中で週めくりのカレンダーが五カ月分、パタパタとめくり戻される。あまりに不在が多かったのでその規則性に気がつかなかった。

「どうして。帰らないと叱られる？」

　わたしは腑におちなかった。彼女の実家は東京のはずだから、さほど遠くはないとは言っても片道二時間は優にかかる。家が恋しくて毎週通うなどということは彼女に限ってあり得ないように思えた。まして他のいっさいの活動を犠牲にして芝居の台本に取り組んでいるときに、それだけを欠かさないというのはかなり不自然なことだ。

「そうじゃないけど、そうしてほしがってるのは明らかだもん。もう退職しちゃってひとりぼっちで時間をもてあましてるわけよ。ほら、母親死んじゃったし」

「お父さん?」

「そう。義理なんだけどね」

母親が亡くなったことは知っていたが、父親も小学生のときに亡くしていることはこのとき初めて聞いた。実家にいるのは母親が再婚した相手なのだ。

「あまり他人に言うなって言われてるんだけど」

「どうして」

「知らない。血のつながらない男女じゃまずいってことかな、わたしも年頃だし。笑っちゃうでしょ」

笑いはしないけれどよくわからない。

「おめかしすると実の親子に見えるわけ？」

「おめかし？　ああ、まあそうね。これが娘としての舞台衣装なわけよ」

「お化粧も？」

「だからあ、お化粧は社会で生きて……」

「通過儀礼ね」

「……そうよ。でも、まあ嫌がってはいないみたい。そこが実の父とは違うとこかもね」

　そんなものだろうか。着たくもない服を着て愛らしい娘を演じるよりも、きちんと自分をわかってもらう努力をした方がお互いのためだろう。血のつながりがないならなおさらだ。真穂は鼻で笑って、それは理想主義だと言った。

「甘いなあ、沙月ちゃん。血のつながった親子だってね、互いに理解し合ったりなんかできないもんだわよ。まして他人なら変な幻想は持たない方がいいの」

　彼女が揶揄《やゆ》も込めてわたしを沙月ちゃんと呼び始めたのはこのときからだ。

「お義父《とう》さん、嫌いなの？」

「好きよお、いいひとだしね……でもしいて言えば愛してはいないわね」

ちらりと腕時計に目をやったものの話をやめる気配はない。なぜだか知らないが、このとき彼女は無性に自分のことを話したがっていた。それも他のひとではなくわたしに話したいのだ。バスを一本遣《や》りすごそうが、わたしが気後《きおく》れしようが関係なかった。

「母親は嫌いだったけど愛してた。これはもう仕方のないことなのよ。だってわたしが父にと選んだわけじゃない。向こうから見たって別に娘を選んだわけじゃない。選んだ妻にぶら下がってただけなんだからね。そして選んだ妻は、つまりわたしの母親は死んじゃったわけ、巨額の入院費を費やしたあとで。どうしようって考えたわよ。わたしにはまだ彼が必要だったし、ここでとんずらするってのもずいぶんじゃない？　わざわざ散財して孤独になるために彼は再婚したわけじゃないんだもの。だから決めたの。借りるだけ借りて、そして全部返そうって。お金じゃないよ。もちろん彼の面倒は一生見るつもりだけど、わたしが返せる一番のものっていったら〈娘を持っている〉というその幻想なのよね。そして彼にとってはスカートはいてウェディングドレスを夢見ているような子じゃなきゃ〈娘〉じゃないのよ。どうしたってニュース解説観てケチつけるような娘は理解できないひと。十年近く一緒に暮らしてるからよくわかる。そりゃそうよ、だからうちの母親みたいなのと結婚したわけでしょ？　夫に死なれたら、もう再婚以外に暮らしていく道を考えられないようなひととね。でも、母がそういう人間だったからこそわたしはこういう性格になっちゃった。そしてもう親子喧嘩《げんか》してる暇はないのよ。しちゃったらそれっきり断絶なんだから」

「……無理してない？」

「まさか。昔は週に七日〈娘〉やってたのよ。二日で済むなら御の字よ。ここは楽園よね」

おしなべて世はひとつの舞台、ひとは皆ただの役者。歌うように言いながら、ワンピースの裾を翻してようやく彼女は出ていった。

ひとりになると急に手持ち無沙汰になった気がして、とりあえず机の前に坐りり先日山から拾ってきた石をまたこつこつと叩き始めた。若干色づいてはいるが、きっとただの方解石だ。そう思ってから真穂の出ていった戸口を眺め、部屋の中をぐるりと見回した。眉間に皺《しわ》を寄せた真穂が部屋中にばらまいた声がぱらぱらと落ちてくるようだった。

わたしはそれらを拾い集め、頭の中でゆっくりと再構成する。彼女が自分の境遇を特殊だと言った意味がわかってくる。戦時中ならいざ知らず、この平和な国で二親を早くに亡くすことはたしかに特殊な状況かもしれない。そしてその悲しみによって彼女はわたしよりも少しばかりおとなになった。十歳になるやならずで父親を亡くすというのはどういうことだろう。大学の入学式が母の葬儀にすり替わるというのはどういうことだろう。馴染めない養父が老いていくのを眺めているのはどんな気持ちだろう。わたしにはわからない。

わたしはただ、たがねで剝《はが》しとった方解石の切片を手にしたまま、真穂が経験した悲しみの総量を思い浮かべてうっとりとした。それだけの悲しみがあったらどれだけの生き方が可能だろう。それだけ明快な問題があったら解を得るのもたやすいことだろう。

十月の末、学園祭までひと月ちょっとというタイトなスケジュールで真穂の芝居は書き上がった。それがお芝居と呼べるものなのか、わたしにはよくわからない。想像していたものとはかなり違っていた。きっとたくさんのひとががやがやと騒々しく批評的な台詞を吐くのだろうとわたしは思っていた。以前、無理矢理チケットを買わされ、清水さんと一緒に観たのはそういう芝居だった。

けれども真穂が書いたお芝居はそれとはまったく趣《おもむき》が違う。同じ劇団で上演するのが不自然に思えるほどだ。それは静かなモノローグに満ちている。アスクレピオス神殿の前で語られる夢についての長い長いモノローグ。

ある日神殿の前で、夢を病んだ領主と人生を病んだ娘が出会う。領主には政治のためにわが子を捨てざるを得なかったという過去があり、国は富み現世的な幸福のすべてが手元にあるにもかかわらず毎夜奇怪な過去の夢にうなされている。娘は貧しく辛い少女期を経てついに得た許婚《いいなずけ》を婚礼前夜に亡くし、自分の運命そのものが病んでいると感じている。彼らはいずれも神殿の至高聖所《アバトーン》で癒《いや》されることを願い、そこで長いモノローグを始める。

その長さは圧倒的で、台本を読まされたときわたしは途中で投げ出してしまった。真穂はすっとそれを取り上げて、部屋の中をゆっくり歩きながら自分の書いた台詞を詠《えい》じ始めた。しつこいひとだなと思いつつもぼんやり耳を傾けているうちに、いつしかわたしは目を閉じて言葉の波に揺られる快感を味わっていた。自分はこんなにも不幸だと訴えるだけの台詞なのに、あまりにたくさんの言葉を費やして述べられると麻薬のように終りが恐くなる。

それは不思議な体験だった。どう言えばよいのかよくわからないが、青金石《ラズライト》の大きな塊を抱いてきらきら光る金色の粒を眺めているときのように安らぎと切なさが胸の中で交錯した。切ないのは拒まれているからだ。深い悲嘆が地層の奥からざくざくと掘り出され、しかしどんなにしても石の内部に触れることはかなわないのと同様、この悲しみに同化することは拒まれている。

己の不幸に酔いしれた嚙み合わない個々のモノローグがついに対話に転じるのは、至高聖所《アバトーン》に迎え入れられなかった彼らが絶望して立ち去ろうとするときだ。

夢そのものを病んでいては夢治療は施せないし、死者を蘇《よみがえ》らせるという娘の願いは神にとってすら禁忌《きんき》だった。別れぎわに娘は言う。不幸が夢の中でしか起こらないのなら、あなたは充分に幸せではありませんか。夢の中でならわたしは許婚に何度死なれてもこれほど悲しくはなかったのに。すると領主は訴える。そなたは毎夜毎夜のあの苦しみを知らないからそのようなことが言えるのだ。ひとは目覚めないことはできても眠らないことはできないのだから。

　自分はその夢に耐えられないだろうかと考えて、娘は夢の中身を語ってくれるよう領主に頼む。彼の夢語りは懺悔《ざんげ》にも似て、わが子を捨てるその一瞬の光景を微に入り細に入り描き始める。森の奥の深い渓谷に彼は子供を突き落とした。娘は自分の育った森とよく似ていると思う。

　領主は健《すこ》やかな夢とはどのようなものかと娘に尋ね、娘はときおり見る幸福な夢の情景を物語る。わたしはそこでは絹の産着にくるまれている……。娘の夢は領主の過去につながり、領主の夢は娘の生い立ちを遡《さかのぼ》る。彼らは自分たちが親子であることを悟り、互いが互いの病の根であったことを悟り、そして互いの夢によっていまそれが癒されたことを知る。ハッピーエンドだ。

「どう?」

二役をひとりで演じ終えて真穂は尋ねた。図らずも第一の観客になってしまったわたしは、なんかすごいねと言って手を叩く。胸の中に広がった思いはもう少し複雑なものだったけれど、どう表現してよいのかわからなかった。劇中の〈娘〉が真穂自身であることは確かなことだったから。彼女は眠りの外で癒されたいと願っている。彼女のすることはすべて、傍若無人なふるまいまで含めてそのための何かなのだろうか。

「どこでやるの? またあの倉庫?」

「まさか。劇団が合同で講堂のホールを借りる。順番は抽選になると思うけど」

「舞台は神殿の前なのよね?」

「そう、一幕物」

わたしにはこの芝居が演じられるべき場所はひとつしかないように思われた。

中央図書館のファサードだ。真穂はしばし無表情でわたしを見つめ、それから図書館を思い浮かべるようにそっと目を閉じる。やがて開いた瞼《まぶた》から波紋のように笑みが広がった。見たこともない柔らかな笑顔だった。

そしてまた真穂のいない日々が始まった。その頃になってようやく、わたしは季節が深い秋に染まっていることを意識した。気がつくと寮の周辺にはむせかえるような金木犀《きんもくせい》の香が漂《ただよ》っている。わたしは朝その甘い匂いを身に纏《まと》いながら学校へ行き、講義を受け実習をこなし、昼は葉子と肌寒くなった人造の川辺で食事をした。

わたしにはどこかとても鈍感なところがある。千秋が昼食の場にいなくなって一週間も経つまで、彼女と葉子の間が険悪化していることに気づかなかった。もう寒いから明日からは食堂で食べようよと葉子に言われて初めて何かが変だと思ったのだ。

「喧嘩したわけじゃないの」

と葉子は言った。ただ、二十四時間ずっと一緒にいるのは疲れるので学校ではなるべく別行動にしたいと千秋が通告したのだそうだ。葉子があっけらかんと事情を話すのがわたしには少し意外だった。そんなことを面と向って言われたら、なにしろ葉子なのだからとても傷ついてしまうだろうと思ったのだ。だがそうではなかった。彼女は感情が麻痺《まひ》してしまったかのように平気な顔でギャザースカートの中に器用に脚を畳み込む。

わたしはまるでそれが見納めであるかのように図書館前の広場を眺めた。

——わたしたちの歳月は、鉱物的想念ではあるまいか——

文学部の先輩がいつかそんな詩人の言葉を教えてくれたことを思い出していた。

「嶋君とはきちんと別れたの？」

温《ぬる》い缶珈琲《コーヒー》を頬にあてながら葉子が聞く。

「まだ」

「どうして」

「さあ」

別れてもいないかわりに頻繁に会いにもいかない。学校で会えば手を振ったりお茶を飲みながら少し話したりした。そんな状態では別れても別れなくても何も変わらないことのように思えた。彼と別れて付き合いたいひとがいるわけではない。それにわたしは彼が嫌いなわけでもない。千秋や葉子のように彼の、こう言ってよければ宗教活動に生理的嫌悪を覚えているわけでもない。わたしの中にとまどいや抵抗感があるとすれば、それは高校の頃友人たちが信奉していた占いと嶋君の見出すであろう教えにいったい差があるのかどうかという思いなのだ。

いつかわたしは彼に聞いた。両親が生きているのと死んでいるのとではどちらが客観的には幸福なのか。

「うん、本人の年齢や親の年齢、収入、職業、思想信条、性格、死因、保険金の額、兄弟や親戚の有無……いろんなことが絡《から》んでくるよね。悪い親がいるよりは誰もいない方がマシってこともあるから。だけどこんな細かな情報があらかじめ必要だとすると、インプットするデータは千や二千じゃきかなくなるからシステムとして成り立たないと思うんだ。それで僕はいま、おのおのの項目間の相関関係を調べてる。もし二項の値の間に相関関係があればデータは半分で済むし、三項目間にあれば三分の一で済むからね」

そうやって彼は総理府の統計や厚生白書を山積みにしてパソコンの前に張りついている。学生主体の新興宗教グループの中ですでにかなりの位置にいるという噂も聞いた。だけど誤解のないように言えば、彼の性格はまったく変わっていなかったし、あいかわらず余裕に満ちた態度で学校のことも友人のこともこなしていた。決してすわった目をして教義の押し売りなどはしないし、わたしにだって充分に優しい。月に幾度かは律儀にデートにも誘ってくれる。わたしが下手なことわり方をしても、気にした様子もなくじゃあ今度ねと言ってくれる。すべては思いやりだ。彼自身どうしてもわたしに会いたいというわけではない。彼には個人的願望などないのではないだろうか。あるのは〈必要〉だけで、強いていえばひとを傷つけたくないということだけが彼の望みなのかもしれない。

鉱物研の人々が週に一度やってくる以外、夜はたいていひとりだった。食事と入浴を済ませ、予習があれば予習をし、清水さんに頼まれた仕事があればそれをした。どちらもないときは集まった標本を何度も箱から取り出して机の上に並べた。並べて眺めて仕舞《しま》い直してはもう一度出す。そして並べ替える。わたしはこの作業に飽きることがない。そしてまた実習用の石をこつこつ叩いた。

こつこつ叩くその音が部屋に響きわたるようなとき、わたしはそっと顔を上げて真穂の机とベッドを十秒ほど眺め、決してひとりきりでないことを確認した。それは奇妙な癖《くせ》だ。淋しいというようなことではない。淋しさだとすれば、わたしのではなく真穂の淋しさだ。変な言い方だけれども、多分そうだ。そしてそれは、両親を亡くしたことへの同情とはかなり質の違うものだった。彼女の境遇を知る以前から、それどころか彼女が部屋に姿を見せる以前から、わたしはこうして深夜、ふっと呼ばれたように顔を上げていた。

ドイツ語が急に休講になっていつもより早く部屋に戻ったのは、学園祭まであと二週間という頃だった。前夜もその日の朝も部屋にいなかった真穂が、ベッドに仰向けになって天井を眺めていた。

「お芝居の方、どう?」

きっとその準備で忙しいのだろうと思いながら尋ねると、彼女は天井を眺めたまま駄目かもしれないんだよねと言った。

「どうして」

「図書館前でやろうってことで考えてたでしょ。でも考えてみるとあの広場は学園祭のメイン会場だからね、屋台がずらりと並ぶわけ。それをどかせとも言えないし、屋台でわいわい賑《にぎ》わってるところでやる芝居って感じでもないじゃない。コメディじゃないんだから」

「じゃあ、あそこではできないんだ」

彼女は身体をこちらに向けて腕枕をした。

「いや、そうじゃなくて夜やればいいんじゃないかと思うわけ。でね、そう申請したんだけど許可が出ないのよ。別に図書館を貸せって言ってるわけじゃないのよ。ちょっと軒下を貸せって言ってるだけなのにさ」

「やっぱりできないんだ」

「そうじゃないって。沙月ちゃんは諦めが早いなあ」

クククと笑ってベッドの上に起き直る。

「許可が出ないなら強行突破すればいいわけでしょ。別に鍵《かぎ》がなきゃ入れない場所ってわけじゃないんだし。だから最終日にそうするんだけどさ」

「ならどうして駄目かもしれないなんて言うの？」

真穂はちょっと言葉に詰まってから、唇を尖らせた。

「……なんかさあ、あの芝居って登場人物がやたら少ないじゃない？　だから役者のひとたちにはもともと不評だったんだけど、ここへきて上演の許可が出ないとなったら他のありものをやろうって騒ぎ出しちゃってさ。それを普通に講堂でやればいいじゃないかって言うわけよ。そんなこと言ったって、いまさら講堂の方だってとれるかどうかわかんないんだけどね」

「座長さんは？」

「彼は、自分がいったん決めたんだからそこまでは言わないけど、舞台を他にもってって昼間やればいいいんじゃないかって言うわけ。南の広場でも緑が池のほとりでも、まあ広い学校なんだから捜せばいくらでも場所はあるわよ」

「そう。じゃあ、どちらにしてもやることはやるのよね」

わたしは少し安堵した。図書館のファサードという舞台を思いついたのはわたしだったから、そのために状況が困難になるのは心苦しい。まあね、と言ったあとで、ああ、うっとうしい！　と頭を振りながら、彼女は立ち上がった。

「今夜はぱっと派手にやろう」

そう言ってたったと出かけてしまう。遊びにいったのだろうと思っていると、しばらくして買物袋を下げて戻ってくる。そしてやにわに夕食を作り始めたのでわたしは驚いた。割と無神経で粗野なひとだしいつも乞食みたいな恰好をしているし始めた化粧はいつまで経ってもサマにならないし、そういったこととは何の関連もないのかもしれないが料理をできるひとだとは知らなかったのだ。夏頃までは夕食時に部屋にいることなどほとんどなかったし、台本に取りかかってからは食事をする暇も惜しそうだった。

でも彼女は、手慣れた仕種《しぐさ》で素材を切り刻み調理室と部屋の間を行ったり来たりしながら確実に料理を仕上げていった。わたしはと言えば、彼女の持ち込んだ電子ジャーやレンジが働くところを感心して眺めていただけだ。

それがどんな人間であっても、そのひとが料理をして目の前に出してくれた途端に、無条件の信頼感が湧いてしまうのはなぜなのだろう。わたしたちはいつもそんなにも飢えきっているのだろうか。ぱっと派手なと言うよりは夕餉《ゆうげ》と言うにふさわしい風情の食卓を前にして、心が真穂にずっと寄り添っていくのを感じた。目覚めた彼女にサンドウィッチを作って食べさせた夜、真穂の気持ちもこんなふうにわたしに寄り添っていたのだろうか。だとしたらずいぶんすげない態度をとったものだ。

「こんな才能があるなんて知らなかった」

煮魚をつまみながら言うと、彼女は母親がずっと入院してたからだと言った。

「母親がいないってことは淋しいとか悲しいとか切ないとかいうことじゃなくて料理とか洗濯とか掃除とかしなくちゃいけないことが山ほどできるってことなのよ」

「でも、たまにはみんな忘れたくなっちゃうとか誰かに頼りたくなっちゃうとか、そういうことないの？」

「……あるわよ、もちろん」

そうよね、と白いご飯を箸《はし》で摘《つま》みながら、失言だったとわたしは思った。真穂が箸を口に当てたまま黙り込んでしまったからだ。やがて彼女は、嶋君とはまだ付き合っているのかと聞いた。どうして誰も彼もそんなことばかり聞くのだろうと思いながら、まあそうには違いないのでわたしは頷いてみせた。

「ものは相談なんだけど……」

珍しく彼女は口ごもる。

「清水さんを譲ってくれないかな」

「はい？」

わたしは不自然な角度で首を曲げた。

「…………」

どちらも手は止まっていた。磁石についた砂鉄のようにさくさくとした沈黙だった。といってほんとうに聞こえていなかったわけではない。わたしは考えていた。なぜ真穂が清水さんのようなひとを好きになるのだろう。笑うと頬に深い皺が刻まれて結構いい顔になるのだが、鉱物の話以外はほとんどしないし興味もないのか恋人はいない。以前いた恋人はとっくの昔に卒業してしまったらしい。将来のことを何ひとつ話し合うことなく、恋人の卒業式ににこにこと手を振って平手打ちを喰ったというのも彼にまつわる伝説のひとつだ。そんなだから、わたしには優しく頼りがいのある先輩ではあっても、真穂と口をきいたことなどほとんどないはずだ。珈琲を手渡されて有難うといったときくらいではないだろうか。あるいはチケットを渡されていくらですかと聞いたとか。

「だから……清水さんよ」

「ああいうひとがタイプなの？　どうして」

からかうようにわたしは言う。ちょっと気が滅入って価値観が狂ったのではないかと思ったのだ。でも真穂は笑ったりはしなかった。いつになく誠実な様子で、必死に喋らなくてもコミュニケートできるひとって安らぐからなどと口にする。

世界は石だけでできているわけではないと言い放った豪気とはえらい矛盾だ。

「ねえ一生のお願いだから譲ってくれない？」

それは無理な相談だった。なぜなら清水さんはわたしのものではないからだ。清水さんには可愛がってもらっているし、わたしは飼犬のようになついてもいる。研究会のひとびとはわたしたちを恋人同士のように扱ってからかったりもする。わたしたちはそのたびにムキになって否定したり怒ったりはしない。とにかく女性がわたししかいないのだから、そういう話題を提供するのもサービスのうちなのかもしれないと思う。彼らのからかい方は陰湿なものではなくて、どちらかというとわたしの立場をたてるときにそんな言い方をする。だからといって清水さんに好きだとか付き合おうとか言われたことは一度だってない。第一、清水さんが恋人だったら、いくらわたしが優柔不断でも嶋君と付き合ってるなんて言うわけがない。

「何か勘違いしているようだけど、わたしは別に清水さんの恋人じゃないのよ」

「じゃあ、何？」

「お弟子。師匠が誰を恋人にしたって文句言える筋合いじゃないの」

真穂は少し考え込むようにうつむいてから、ふと顔を上げる。

「でも、言いたいでしょ？」

わたしの机の青金石《ラズライト》をちらりと横目で見た。

「……あのね、わたしが好きなのは清水さんの標本であって男性としての清水さんではないのよ。清水さんを尊敬してはいるけど恋い慕っているわけじゃないし」

じゃあ嶋君を恋い慕っているかと言われればそんなこともなかったのだが、これはこれで口に出してみるとその通りだったので自分でも少し安心し、食器を片付けようと立ち上がった。真穂は本当にいいのねと念を押す。わたしは彼女の目を見ずに三度くらい小刻みに頷いてみせてから、でも清水さんは卒論で忙しいから恋愛どころじゃないかもしれない、大学院の試験もあるしと呟《つぶや》いた。

学園祭にいつもだったら各自秘蔵の標本を展示するだけの鉱物研究会で、石のペンダントを売ってはどうかと提案したのはわたしだ。宝石ではなくても研磨すれば独特の光沢を放ったり思いがけない模様を描き出したりする石がある。芸術学部のグラインダーを借りてさまざまな石を研磨し、工芸科のひとに頼んで小さな穴を開けてもらった。皮肉なことに一番美しかったのは、鉱物とは言えない色硝子の破片だった。

それぞれに皮紐《かわひも》を通したものを百個用意したのだが、女子高生を中心に案外な人気で初日からあっという間に捌《さば》けてしまった。少しばかり品質に欠けると取り除《の》けておいた予備の石をざるごとかかえてわたしは学内を走り回っていた。

いつもなら整然として閑散としているキャンパスのあちこちにさまざまなテントが設営されている。おでん、焼きそば、鯛焼《たいや》き、アイスクリーム……おそらくほとんどの学生がなんらかの企画に携わり大学に出てきているはずだった。もちろん学外からの見物客たちもいる。にもかかわらず、それはどこか想像していた大学の学園祭のイメージとは違っていた。

広すぎるのだ。この広大なスペースを埋め尽くすには、学生は少なすぎたし見物客も周辺の住人に限られていた。いくら趣向を凝らしロックバンドをかき集めたところで、ここに熱気を演出することは永久に不可能なことのように思われた。

芸術学部棟から理学部棟までの道は遠かった。木立を抜けて緩いスロープを降りて昇り、緑が池のほとりまで来てもまだ中央図書館は見えてこない。重い石をかかえたわたしがひと休みしようとベンチを捜し当てると、目の前にすっとメニューが差し出される。真穂だった。

「何してるの?」

「ウェイトレス」

「何着てるの?」

「チャイナドレス」

どうやらそこは留学生を中心として開いた飲茶《ヤムチャ》レストランのテラスという扱いらしかった。

「飲茶か……、冷たいジュースがいいんだけど」

ラッシーではどうかと彼女は言った。

「ヨーグルトドリンク」

「何、それ」

隣は本格派インドカレーの店で、経営は同じ団体だった。さらにその奥は韓国人の作るキムチ計り売りの店であり、隣はパリジェンヌの焼くクレープの店であり、一番奥は神秘のアフリカ料理レストランだ。

「こんなことしてておお芝居の方大丈夫なの？」

じゃあそれにすると言ってお財布を出しながら、棒きれのように突っ立っている真穂に尋ねた。

「大丈夫。ぽしゃったから」

思わず嘘と叫んで彼女を見た。彼女は怒りを通り越してしまったようにうっすらと微笑んでいる。劇団のメンバーたちは、誰かと争ってまで公演したいというような情熱は持っていなかった。彼女が図書館前での強行上演を諦めて他の場所でいいと譲歩しても、ばらばらになってしまったメンバーの結束は戻らなかった。

「あんなの芝居じゃないって言うひともいたしね」

淡々とそれだけを述べて隣の店へと消えていく。ラッシーを持ってきたとき、わたしがざるの中にあったペンダントをひとつ差し出すと謝々《シエシエ》と言って首に下げた。ほんとうにお力落しのないようにとでも言いたい雰囲気だった。

力を落とすというのは悲しんだり嘆いたりすることではなく、身体の力が抜けるということでもなく、気力を失くすことだということがようやくわたしにもわかった。そしてそれは嘆いたり悲しんだりすることよりはよほど危険な状態のようだ。学園祭以降の真穂は、変わりなく動いてはいるのにどこか生彩を欠いていた。あのしつこく畳みかけてくるような能弁《のうべん》は聞かれず、友人たちと話していても受け身的で投げやりなそぶりが目立つ。芝居が上演できなかったことがよほどこたえたのだろう。彼女がどれほど一生懸命それに取り組んでいたかをわたしはよく知っていた。それは彼女にとって単なる芝居ではなく何か精神の治療のような役割を果たすものだったはずだ。

毎週実家へ帰ることは、いまではむしろ生活にメリハリをつけ彼女に気力を呼び戻すために必要なことのように思われた。しかし帰れば無理をして笑ってくるのだろう、戻ったばかりの彼女は顔も土気色で不健康にさえ見えた。

「なんだかものすごく疲れてるみたいね」

まあね、と彼女は言った。どさりとバッグを床に落とし、運動選手が息を整えるような姿勢で腰を折る。

「なんかさあ……あのひとまで倒れちゃったんだよね」

「お義父さん？」

こっくり頷く。

「二度目の病弱な妻でもいなくなるとショックなのかしらね」

身体を起こすと化粧を落として着替え始めた。わたしはしばらくその動作を見守っていた。彼女がまだ動いていることが不思議だった。まるでそちらの方が芝居ででもあるかのように、彼女の周りには不幸ばかりが起こる。それらは次から次へと現れて、ただでさえ痩せている彼女から肉をこそげ取っていくようだ。ひとを慰めるのは苦手だった。結局他人の痛みなどわかるはずもないのに空虚な言葉を吐くのは気がひける。わたしはせめて彼女がひとりきりで耐えているのでなければよいと思った。

「清水さんとはどうなったの？」

彼女は呆れたように振り返り、わからないのかと聞き返す。ところがうかつなことにほんとうにそう聞いてみるまでわたしにはわからなかったのであり、このとき初めて彼女の恋が実らなかったことを知った。どうして、とわたしは聞いた。無神経だとは思わなかった。どうしてだろうと思ったのだ。要するに彼はわたしをお好みではなかったということよ、そう言って彼女はさっさとベッドに潜り込む。

「ねえ」

わたしは彼女のベッドのところまで行って声をかけた。彼女は身じろぎもしようとしない。

「ねえ、泣いた？」

わたしはそう言って彼女の布団を剝した。彼女は不可解なものにでも出会ったようにじっとわたしの顔を見つめる。

「ねえ、泣いた？　いつ泣いたの？」

泣かなかったと彼女は答えた。ベッドの上に起き直り、落ちて来る前髪を掻き上げながら、泣かなかったと答えた。わたしは安堵して自分の机に戻り、引き出しから手に入れて間もない水晶のかたまりを取り出した。真穂は黙ってわたしのすることを眺めている。ふと顔を上げて両親が亡くなったときは泣いたか、と聞いた。泣かなかったと彼女は答えた。

「強いのね」

「わたしもそう思う」

彼女は、またころんと転がるように横たわり布団をかぶった。そうして多分眠るのだろう。また幾晩も幾晩も目覚めないのだろう。眠りの外で癒されることができなかったからには。

わたしは何か羨ましいような気持ちで真穂を見た。わたしの方はこのところしつこい不眠に悩まされている。夜になれば頭は朦朧《もうろう》としてくるのになぜか目だけは冴えてしまい、眠りの中へうまく潜り込むことができなくなった。以前のわたしならまるで時計のように深夜の零時になればすとんと眠りに落ちたものだったのに。明方、ようやく薄明のような眠りがやってきて、たとえ学校をさぼってでも今日こそは心ゆくまで眠ろうと決意を固めても、覚醒《かくせい》だけは頑として長年の習慣を変えてはくれない。こんなふうになったのは、鉱物採集のついでに実家に立ち寄ってからだ。

学園祭での思わぬ収益を旅費の足しにして研究会の人々と鉱物採集に出かけたのはわたしの郷里に近い鉱山跡だった。卒論の追い込みに入った清水さんは来られなかったが、他の先輩と一緒に地脈をたどり、全長五センチほどのこの晶群を切り出した。その日は民宿に泊まり、わたしだけで一室とるのは申し訳ないので皆で雑魚寝《ざこね》をし、翌日ひとり別れて実家へ帰った。

家はひっそりとしていた。姉はもちろんいるわけがなく、父はひとりでテレビのスポーツニュースを眺めている。気を入れて観ているが興奮しているというわけでもない。わたしを見ると、友達はできたか、しっかり勉強しろよと書かれた台詞を読むように言って曖昧な微笑みを浮かべ、母さんはおまえの部屋だろうと指さした。それはもはやわたしの部屋ではなかった。アイロン台やらミシンやらが持ち込まれ、母はここを作業部屋のように使っている。老眼鏡をかけた母は電灯の下に坐り込んで毛糸を編んでいた。

「なんだか垢《あか》ぬけない恰好してるね、おまえ」

母は眼鏡を半分だけはずすとわたしを眺めて言う。ほとんど登山服とかわりないのだから、それは仕方なかった。

「それ、どうしたの」

母の背後に掛けてある見慣れない着物をわたしは目で示した。年が明けたら姉に送ろうと思って仕立てた晴れ着だと言う。成人式用だ。親というのも因果なものだ。しかし姉はそれを着ないだろうと母は言った。あまり残念そうに見えなかったのでなぜかと聞くと、にこにこしながら顔を上げて編み掛けの靴下をわたしに見せる。小さな小さな靴下だ。

わたしはしばらく惚けたようにその靴下を眺めていた。姉の妊娠に驚いたかと言えばそれはたしかに驚いた。雪花石膏のような皮膚の下から生命が這《は》い出してくるという想像はぞっとしないものだったし、わたしとたったひとつしか歳の違わない姉が子供を産むというのはなんだかとても暴力的な事件に思われた。しかし姉はすでにわたしをいったん裏切り、わたしが営々と築き上げた世界に背を向けたひとであったから、無視しろと言われればわたしは無視することができたと思う。

わたしがほんとうにショックを受けたのは、将来、娘はピアニストになるか、さもなくばとんでもない玉の輿《こし》に乗るであろうと信じていたはずの母が、そしてわたしと同じように彼女に捨てられて傷ついたはずの母が、もうすっかりこの新たな事態を受け入れ順応している点だった。彼女はしたりげに言いさえした。相手のひとは同じ保養所に勤める三歳上の青年で、若いけれどなかなか真面目でしっかりしている。お父さんだって孫ができれば折れるに決まってる。くらくらと目眩《めまい》がしそうだった。

「姉さん、そのひとところへ来たの？」

「いいや。こっちから行った」

「誰が」

「お父さんとわたしに決まってるでしょ」

「だってお父さんは反対なんでしょ」

「ポーズだよ。反対だってあの娘の顔は見たいよ」

「何よそれ」

　母の口から話を聞けば聞くほど、それはわたしの知っている姉でもなければ父でも母でもないという気がしてきた。薄い幕を隔てて他人の家庭をのぞいているようなのだ。わたしが大学に行っている間に、姉はこっそり父と母までを別の世界に連れさってしまった。三人が結託してわたしを疎外《そがい》しようとする。いまやその赤ん坊の誕生を一緒になって喜ばない限り、彼らの仲間に入ることはできない。でもなぜわたしがそうまで卑屈に彼らに媚《こ》びねばならないのだろう。

　薄桃のなかなか上品な着物を母はわたしの肩に掛けた。

「そういうわけだから仕方ないよ。これは沙月の成人式までとっておくからね」

姉のために誂《あつら》えられた色だった。こんな淡い色がことのほかよく似合うひとだった。姿見に自分を映して、これが姉だったらどれほど着物が映えるだろうかと想像してみる。姉のお下がりに不満を訴えたことは一度もなかった。ひとつ違いの姉がいる以上、そしてそれが着せ替え人形のように服の誂え甲斐のある美しい姉である以上、当り前のことだ。仕方がないとは思わなかった。仕方のないことではなく、喜ばしいこととして処理してきたのだ。姉を愛していたから。姉はわたしだったから。この世で初めて見たのは姉の顔だったから。そのときわたしたちは決して傷つけ合わないと約束したはずなのだ。涙が出るほどわたしは姉が好きだった。嘘じゃない。嘘なんかではない。

母が出ていったあと、わたしはその部屋のベッドの上にあぐらをかいて一晩中衣紋掛けに掛かった晴れ着を眺めていた。眠れなくなったのはそれからだ。ようやく眠れば夢の中で姉が言うのだ。この子を見て。姉に抱かれた赤ん坊を見るのが恐しくて、いつもはっと目が覚めてしまう。

時計の針は十二時少し前を指している。わたしは部屋の灯りを消し、デスクライトの下に青金石《ラズライト》と水晶を並べて眠れぬ夜に向き合う準備をした。こんなことは初めてだった。たとえばクリスマスやお正月、日付の変わるその瞬間に立ち会いたくて珈琲を何杯飲んでみても、わたしはいつも零時の壁を越えることができなかった。かたわらで繰り広げられる真穂とその友人たちの喧嘩腰の議論ですら、この壁を崩すことだけはできなかったのだ。

眠りはいつもジュエリー・ケースに施された絹の内張りのようになめらかで、わたしは重みのある宝飾品のようにすとんと心地よくその中に落ちた。けれどいまは、どんなに捜してみても絹の手ざわりに触れることはできなかった。焦《あせ》って捜せば捜すほど、混乱する頭とは裏腹に目だけはいよいよ冴えていく。静かな時間では決してなくて、何ものにも受け入れてもらえない索漠《さくばく》として不毛な時間だ。眠れないというただそれだけの時間が、こんなふうに悪意に満ちたものだとこれまでは知らなかった。

カチッと小さな音がして、時計は十二時丁度を指す。これから六時間も七時間もこういう状態が続くのだ。

とりあえずベッドに入ってみるという前向きな姿勢は不眠が始まって三日目に捨てていた。三回も寝返りを打つと、もうベッドの上に居場所はなくなってしまう。わたしは机の前に坐って、せめて好きなものを眺めて心を落ちつけようと努力した。わたしは夢を病んでいるのだろうか。真穂の芝居に出てくる領主のように。眠ろうとするたびに悪夢にさいなまれる彼の苦悩がわがことのようにわかる気がした。いまはまだいい。けれどこんな状態が長びけば、わたしは遠からず気が狂ってしまうだろう。そう、ひとはどうしたって眠らないわけにはいかないのだ。

立ち上がったのが何時だったか覚えていない。気が狂うのではないかと恐れているうちにほんとうに狂ったような気になってふらふらと外へ出た。どこへ行こうとかそんなことを考えたわけではなく、それどころか何ひとつ考えたわけではなくて、おそらく端から見たら夢遊病者のようだったろう。

ふと正気に返ると見覚えのあるアパートの前に立っていた。夜気は冷たくてくしゅんとくしゃみをした。近くの部屋でさっとカーテンの引かれる音が聞こえ、じっとこちらを窺《うかが》っている気配がし、やがて嶋君が出てきていったいどうしたのと意外そうに声をかけた。肩を抱かれて導かれながら、そうか嶋君の部屋だったのかとぼんやり思った。

その夜、清潔な布団の中で彼はわたしの冷えきった身体を温め、いくらか温まると額を撫《な》でるようにわたしの前髪を掻き上げてからおずおずと静かに愛撫《あいぶ》を始めた。驚きはしなかった。部屋に入ったときから鼓膜にキーンと細く神経に障る音が刺さっていて、それはいつまで経ってもやまずわたしの注意を喚起し続けていた。発信源を捜してわたしの視線はゆっくりと部屋の中を移動し続ける。まだ木の香が残っていそうな白い柱、スチールの棚に高さを揃えて並べられた本。それらはおのおのが天を目指していますといわんばかりに垂直に一分の隙もなく立っている。手垢のついていない冷蔵庫、細部にさえ埃の積もっていない電話機、多分NHKの時報と一秒のずれもないであろう電子時計……。彼が何を言い何をしても、その音よりもわたしの注意を引きつけることはできなかった。ようやくそれを見つけると視線はじっとそこに釘付けになった。

深い溜息とともに身体が解放されたとき、だからわたしは待っていたようにパソコンのところへ這っていき、エメラルド色の光を発するディスプレイを見つめた。一面にびっしりと並んだ細かな数字と記号の終りのところで、まるで方解石の結晶みたいに小さな四角が倦《う》むこともなく焦ることもなく淡々と規則的に明滅を繰り返していた。いったん見つめ始めると目はもうそこから離れなかった。いつその明滅が乱れるのかと瞬《また》きもせず見つめていたが、白い小さな四角はいつまでもいつまでも律儀に一秒ごとの明滅を繰り返すだけだった。すると意外なことにぽろぽろと大粒の涙が頰に落ちた。

おろおろした嶋君に背中を撫でられているうちに、彼とは別れようと思っていたことを思い出して帰ると言った。泊まっていけと言う彼を無視するように黙々と衣服を身につけて部屋を出ると、それなら送っていこうと追ってくる。

「ごめん、ひとりで帰りたい」

わたしが発した初めての言葉らしい言葉だった。彼は優しげな顔になり、でももう遅いしすぐ近くというわけでもないのだから送っていくよと言った。あくまでも優しかった。

「どうしてもひとりで帰りたい」

何度も繰り返すと、ようやく気をつけてと言いながら彼は帰っていく。

わたしは間違っていると思った。その思いをどうしてよいのかわからなかった。ふらふらと無意識に求めたのが、彼の温もりではなくあの四角な箱の中の小さな石に刻まれたプログラムだと気づいたときに、いったいどうしたらよいのかわからなかった。彼の優しさを受け入れるべきなのかそうでないのか。

ぼんやりとした頭をかかえてとぼとぼと、来るときも通ったに違いない大学の中を歩いた。こんもりした丘があって芸術学部棟があり、小さな林があって文学部棟があり、歩いているひとは誰もいなかったが研究棟のいくつかの部屋に明りが灯っていた。昼間は気がつかない洒落《しゃれ》た形の蛍光灯が路面や建物をほのかに青く照らし、月の光と交錯して明るさにいくつもの濃淡を作り出している。

象牙色の建物の前まで来たとき、わたしはふと道をそれてその建物と理学部棟の間にできた暗がりの中に入ってみた。そこに立つといったい何が見えるのだろう。真穂は雪の日、ここに立ってひとりで何を見ていたのだろうか。

地面は芝で覆われており、その間を強化煉瓦《れんが》を敷き詰めた小道が緩やかなカーブを描いて伸びている。わたしは見当をつけて芝の上に立ち、そして振り返った。講堂は丁度図書館の陰に隠れ、奇妙に開けた空間の中央にそそり立つ巨大な岩石が見えた。岩はどこか孤高なイメージで月明りの下に沈黙していた。

わたしの中にゆっくりとあの雪の日の共感がよみがえってくる。あるいは炎天下の広場に立っていた真穂。寝息も立てずに眠り続けていた真穂。もうずいぶん前から、彼女の発する弱々しいパルスをわたしのどこかにひそんだ受信機はキャッチし続けていた。解読すればそれは淋しさなのだろう。でもそれは肉親を亡くした淋しさではなくて、淋しいと言って泣くことを淋しいと感ずる以前に拒絶してしまったそんな淋しさだ。わたしたちが愛さなければならないのは、そういう自分なのかもしれない。

広場の明るみの中へ出てゆき、岩を背にして池の縁に腰を下ろした。正面には図書館が、右手の奥には講堂が、左手には理学部棟が、そして脚の下には斑岩の石畳があった。それらは夜露に濡れいっそう冷たい光を放っている。図書館の円柱の下からゆるやかな階段が扇状に降りてきて斑岩の石畳に飲み込まれていた。ずいぶん長いこと、わたしはそうやって青白い風景を眺めていた。肌が凍るように冷えていくのがむしろ心地よく感じられる。

図書館のファサードは、天からは月に照らされ、脇からはいくつもの外灯に照らされ、そして自身の奥からも図書館の玄関灯に照らされて周囲の風景から浮き立っていた。神殿のようだった。ここで真穂の芝居が演じられるはずだった。いく筋もの光の交わる中で、彼女の言葉が語られる。最初は何を言っているのかわからないほどぶつぶつと呟くように、やがて声は大きくなり言葉は明瞭になり、そしてまた波が引くように小さくなる。図書館の壁に反響する声が聞こえるようだ。

じっと見ていると、ファサードの奥の電球が消耗しているのか、明るさにかすかなむらがあるようだった。五秒おきくらいに明るさが揺らぐのだ。わたしは立ち上がって石段に脚をかけた。

「夢の中の赤ん坊は自分だっていうわよ」

一段昇ったところで声が聞こえ、二段目を昇りながら誰の声だろうと考える。三段目にさしかかると、高校時代の友人が夢占いをしていたのだと思い当たり、四段目でなんだそれなら恐くないと思った。わたしの中で、ここはすでに神殿の入口だった。大理石の円柱にたどり着いたところで少し立ち止まった。柱に当てた掌からひんやりと冷たい質感が染み込んでくる。寄りそうように身をもたせかけると、そのぬくもりで結界の扉が開くような気がした。

柱は六本あった。その間を抜けて中央に立つ。頭の上では天井に埋め込まれた小さな丸い電灯が何かの信号を送るように明滅を繰り返している。ここでなら眠れる、そんな気がした。夢の中に赤ん坊が出てきたら委細《いさい》かまわず抱きしめればいい。真穂は眠りの外で癒されようともがいて失敗した。わたしたちは是が非でも神殿の門をくぐり、至高聖所《アバトーン》にたどり着かなければならない。深く眠りたかった。真穂がすでに眠りについているその同じひとつの眠りを眠ろうと思った。

わたしは石の床に膝をつき、前に屈んで手をつくと、その上にゆっくりと身体を折り曲げて重ねた。手を伸ばすと、絹の肌ざわりで眠りはそこにあった。

あとがき

三十年近くも昔の作品について、今、何かを言うのは恥ずかしい。

「僕はかぐや姫」については、楽しかった高校時代を書こうと思っただけなのに、いざ書き始めたら、無意識に封印していたらしい記憶が次々に甦《よみがえ》って、ただただ苦しかったことを覚えている。「書く」というのは怖ろしい行為だと思い知った。

ずいぶん経《た》ってからセンター試験の問題文になり、それを機に「読みたい」と言ってくださる方々の声をずいぶん聞いた。すでに絶版でどうにもできずにいたところ、このたびこうして復刊してもらえることになり、ありがたいと思っている。

自分のことを書くのはつらいと懲《こ》りたので、「至高聖所《アバトーン》」は架空の場所、つまり普通の大学を舞台に書き始めた。しかしこれが、どうにも書きづらい。考えてみると自分は普通の大学を知らないのだった。〈普通〉というのは、一コマ九〇分、二学期制という程度の意味だ。そんなディテールでいちいち躓《つまず》くのは無駄なので、仕方なく馴染みある〈新構想大学〉が舞台になった。

自らの高校時代、大学時代を反映した作品がここに並んで納められることになったのは面白いと思う。最近、やはり高校大学時代に書いた詩をまとめるという仕事(『存在確率』コールサック社)もあって、こんなにも時間が経ったというのに、何十年も昔の自分が繰り返し扉を叩《たた》きに来るのはなぜなのだろうと思っている。扉を開けて、書き物机の前に座っている自分を見せたら、彼女は安心するのだろうか。

読み返してみると直したいところばかり目に付き、それを許せば別の作品になってしまいそうなので修正は最低限にとどめた。この古い作品が、今の十代、二十代のひとびとにどれほど通じるのか心もとないけれど、何か共通する空気を届けられたなら幸いだ。

復刊にあたり、福武《ふくたけ》文庫版『僕はかぐや姫』のカバーと同じ上條淳士《かみじょうあつし》氏の絵を使わせていただけたことがとても嬉《うれ》しい。扉絵も同氏の作品で、こちらは長いことわたしの書斎に飾られているものだ。使用をお許しいただいた上條氏に感謝いたします。

そうした心配りも含めて、著者の意向を汲《く》みつつ丁寧にお仕事してくださるポプラ社の担当小原さやかさんと、こんなにも昔の作品をいつまでも覚えていてくださる読者の皆さまに御礼申し上げます。

二〇一九年　春　　松村栄子

本作には、今日の人権意識に照らして不適切と思われる表現が含まれていますが、作者にその意図はないことと、作品発表当時の時代的背景を考慮し、そのままといたしました。

【底本】

「僕はかぐや姫」……『僕はかぐや姫』（福武文庫・一九九三年）

「至高聖所《アバトーン》」……『至高聖所《アバトーン》』（福武文庫・一九九五年）

僕はかぐや姫／至高聖所《アバトーン》

松村栄子

2019年3月5日　第1刷発行

発行者　長谷川 均
発行所　株式会社ポプラ社
〒一〇二-八五一九　東京都千代田区麹町四-二-六
電　話　〇三-五八七七-八一〇九（営業）
　　　　〇三-五八七七-八一一二（編集）
ホームページ　www.poplar.co.jp
フォーマットデザイン　緒方修一
印刷・製本　中央精版印刷株式会社

N.D.C.913/212p/15cm
ISBN978-4-591-16243-9
落丁・乱丁本はお取り替えいたします。
小社宛にご連絡ください。
電話番号　〇一二〇-六六六-五五三
受付時間は、月～金曜日、9時～17時です（休日・祭日は除く）。

P8101373

ポプラ文庫ピュアフル好評既刊

雨にもまけず粗茶一服〈上〉

松村栄子

友衛遊馬、18歳。弓道、剣道、茶道を伝える武家茶道「坂東巴流」の嫡男でありながら、「これからは自分らしく生きることにしたんだ。黒々した髪七三に分けてあんこ喰っててもしょうがないだろ」と捨て台詞を残して出奔。向かった先は、大嫌いなはずの茶道の本場、京都だった――。個性豊かな茶人たちにやりこめられつつ成長する主人公を描く、青春エンターテイメント前編。〈解説・北上次郎〉

ポプラ文庫ピュアフル好評既刊

風にもまけず粗茶一服

松村栄子

弓道、剣道、茶道を伝える「坂東巴流」の家元Jr.友衛遊馬、19歳。弱小流派を継ぐのを厭って家出中の身ながら、ようやく茶の湯に目覚めた——かと思いきや、なぜか比叡山の〈天鏡院〉で修行中？　一方、弟行馬を巻き込んだ「宗家巴流」の跡継騒動や、お目付け役カンナの結婚話にも、新たな展開が……。めっぽう面白くてじんわり泣ける大傑作青春娯楽《エンターティメント》小説、待望の第二弾！〈解説・大島真寿美〉

ポプラ文庫好評既刊

明日町《あしたまち》こんぺいとう商店街
招きうさぎと七軒の物語

大島真寿美
大山淳子
松村栄子ほか

この路地を曲がれば、そこはもう、すこし不思議な世界の入口――。ひとつの架空の商店街を舞台に、七人の人気作家がお店を開店し、短編を紡ぐほっこりおいしいアンソロジー。商店街のマスコット「招きうさぎ」がなつかしくあたたかな物語へと誘《いざな》います。文庫オリジナル。

ポプラ文庫好評既刊

ピエタ

大島真寿美

18世紀ヴェネツィア。『四季』の作曲家ヴィヴァルディは、孤児たちを養育するピエタ慈善院で、〈合奏・合唱の娘たち〉を指導していた。ある日教え子エミーリアのもとに恩師の訃報が届く——史実を基に、女性たちの交流と絆を瑞々しく描きだした傑作。

ポプラ文庫好評既刊

食堂かたつむり

小川 糸

同棲していた恋人にすべてを持ち去られ、恋と同時にあまりに多くのものを失った衝撃から、倫子はさらに声をも失う。山あいのふるさとに戻った彼女は、小さな食堂を始める。それは、一日一組のお客様だけをもてなす、決まったメニューのない食堂だった。巻末に番外編収録。

四十九日のレシピ

伊吹有喜

妻の乙美を亡くして気力を失ってしまった良平のもとへ、娘の百合子もまた傷心を抱え出戻ってきた。そこにやってきたのは、真っ黒に日焼けした金髪の女の子・井本。乙美の教え子だったという彼女は、乙美が作っていた、ある「レシピ」の存在を伝えにきたのだった。ドラマ化・映画化された話題作。

ポプラ文庫好評既刊

活版印刷三日月堂

星たちの栞

ほしおさなえ

川越の街の片隅に佇む、昔ながらの活版印刷所・三日月堂。店主が亡くなり長らく空き家になっていたが、孫娘・弓子が営業を再開する。三日月堂にはさまざまな悩みを抱えたお客が訪れ、活字と言葉の温かみによって心が解きほぐされていくのだが、弓子もどうやら事情を抱えているようで――。

ポプラ文庫好評既刊

初恋料理教室

藤野恵美

京都の路地に佇む大正時代の町屋長屋。どこか謎めいた老婦人が営む「男子限定」の料理教室には、恋に奥手な建築家の卵に性別不詳の大学生、昔気質の職人など、事情を抱える生徒が集う。人々の繋がりとおいしい料理が、心の空腹を温かく満たす連作短編集。特製レシピも収録！